小学館文庫

料理道具屋にようこそ

上野 歩

小学館

料理道具屋にようこそ　目次

第一章　卵焼き

1

一車線の短い横断歩道を挟んで隣に、食品サンプル店がある。鉄板皿の上でジュージュー音を立てているようなステーキ、桶《おけ》に盛られた彩《いろどり》も美しいちらし寿司、クリーミーな泡があふれんばかりの生ビールのジョッキは冷たそうに水滴が覆っている――そう、本物そっくりにつくられた料理の模型《もけい》ばかりが並ぶ専門店だ。

アーケードの歩道をほうきで掃きながら、匠道花《たくみみちか》はそちらを見やる。食品サンプル店の建物を横から眺める形だ。商品が並ぶ売り場部分はモルタル壁だが、店舗の奥の工房はガラス張りで、外から見通せる。鼎唯《かなえゆい》が作業台に向かってなにかしていた。胸もとで殻を割って、生卵をご飯の上に落としているのだ。「あれ？」ミチカは思わず声を上げそうになる。なぜならユイが両手を離しても、卵の殻は宙に浮いたままだから。それどころか、とろんと透《す》けた白身も茶碗に落下しながら静止しているではないか……。

あれも食品サンプルなんだ！　茶碗でひと粒ひと粒が光っているご飯は湯気が立たんばかりだし、そこに着地した黄身はぷるんと揺れているようだ。そしてユイは手に持った筆で、ご飯に広がる白身に醤油《しょうゆ》の色を差していた。

視線を感じたように顔を上げた彼女と目が合う。ほほ笑みかけようとしたら、ぷいとユイはそっぽを向いてしまった。

なに、あの態度？　とミチカは思う。特に仲よくはしてなかった。それでもフルシカトはないじゃん、パトラのやつ。ユイとは高校の同級生だった。前髪と襟足《えりあし》までの髪をパッツリと真っ直ぐに切り揃えたクレオパトラカットのユイは、女子からも陰でパトラとからかわれていた。しかし、当の彼女はそんなことはお構いなし。ひたすら我が道を行くというタイプ。男子が、「パトラ」と冷《ひ》やかして呼びかけても、真っ直ぐな前髪の下から美しくも鋭い目で睨《にら》み返され、たじたじと尻尾《しっぽ》を巻くのが落ちだった。黄金比に近い目鼻立ち。そう、ユイはヘアスタイルだけでなく、その容貌《ようぼう》がローマの政争に影響を与えたといわれる古代エジプトの女王さながらの美形である。そして、誰に対しても不愛想だった。

ミチカはむかつきながら掃除道具を提げ、店の横にあるドア――横にあっても裏口と呼んでいるのだが――から事務所に入る。

ユイのあの性格は高校時代とまったく変わっていない。髪形と同様に。じゃ、長かった髪をばっさり切って、ボーイッシュショートにしたあたしはどう？　自分の生き方は……？

「野々村《ののむら》サンプルさんにユイちゃんがいるでしょ」

母が言って寄越す。まるで、今さっきの自分たちのやり取りを見ていたかのようだ。

「一年前から食品サンプルをつくってるんだけど、かなえ食堂《しょくどう》で働くための修業の一《いっ》環《かん》だそうよ」

「ふーん。食品サンプルつくるのが、どんな修業になるの？」

「自分で訊《き》いてみたらいいじゃない、友だちなんだから」

いつもの屈託《くったく》ない笑顔を見せる陽子《ようこ》に、友だちじゃないし、などと言おうものなら面倒なことになりそうだ。なので、それ以上は黙っておく。

ユイの実家は、大衆食堂だ。我が道を行くユイは、そのかなえ食堂で働くことを早々に決めていて、高校卒業後は調理師専門学校へ進んだのだった。

「ユイちゃん、専門学校の二年制課程を卒業して、かなえ食堂を手伝ってたのよ」

陽子はなおもユイの話題を続ける。ミチカが大学に通っていた四年間、ユイは専門学校に二年通い、かなえ食堂を二年手伝ったわけか、と思う。そして、その後一年間、彼女はなぜか野々村サンプルで働いていた。

まあ、ユイのことはいいか……。事務所から店に出ようとしたら、「ミチカ」と再び母に呼びかけられる。

「今日の午後にね、組合主催の勉強会があるから、あんた出席して」

「あたしが？」

と言ったら、陽子が頷《うなず》いた。

「経営セミナー。偉いコンサルタントの先生を呼んだらしいけど、わたしなんかじゃどうせちんぷんかんぷんだから、あんた聞いてきてよ」

ここは台東区西浅草。地下鉄銀座線田原町《たわらまち》駅から浅草通りを上野方面に向かうと、間もなく建物の間に巨大な人の顔がぬっと現れる。五階建て洋食器専門店の屋上に載った、コック帽に口ひげのオジサンの胸像はランドマークだ。てんぐ橋道具街《ばしどうぐがい》の入り口であることを示している。

包丁専門店、菓子道具専門店、蕎麦《そば》打ち道具専門店、喫茶道具専門店、包装材専門店、白衣専門店などなど——てんぐ橋道具街は、片側二車線道路の両側に百七十店の問屋が軒を連ねる。すべて飲食店に関連した道具を扱っていて、小売りを行う店も多い。その距離、約八〇〇メートル。顧客のほとんどは飲食店業者という、ディープでニッチな飲食店用品のカオスなのだ。

そしてミチカの生家が営むタクミ屋は、飲食店用品店として幅広い商品を取り揃えている。三十坪の店内に、割《わ》り箸《ばし》、楊枝《ようじ》といった小物から〔冷やし中華始めました〕の幟《のぼり》、大きいものではショーケースや看板まで、飲食店にかかわるものならなんでも並ぶ。〔トイレはこちら〕というプラスチックのプレートの横には、焼き肉店の壁に飾る牛の頭蓋骨《ずがいこつ》のオブジェがあったりする。まあタクミ屋は、役割を細かく分けた専門店が集結するてんぐ橋道具街の縮小版とでもいったところか。

せっかく経営セミナーに勉強に行くのだ、その前に弱点を確認しておこう。

「ねえ、お母さん、〝もう、この店はダメだ〟って言って、五人の店員さんがいっぺんに辞めちゃったんだよね。タクミ屋のなにがダメだって、その人たちに言われたの？」

だが陽子は、「そんなのいいじゃない」とはぐらかした。

昼食後、タクミ屋から徒歩五分のところにある生涯学習センターの集会室へと向かう。そこがセミナー会場だった。

まあ、話を聞きに行くだけならあたしにもできるか、と歩きながら思っていた。店にいても役に立たないわけだし、それなら母が残ってお客の相手をしたほうがいいに決まってる。

こんなことならもっと早く、そう、子どものうちから店を手伝っておくんだったな、とミチカはつくづく考えてしまう。ミチカが中三の時に父が出ていってから、いや、その前からタクミ屋は母が女手ひとつで切り盛りしていた。手伝わないにしても、あとほんのちょっとでも家業に興味を持っておくんだった。

なんにせよタクミ屋の経営が窮地にあると聞いた時、そして「もう、この店はダメだ」と言って勤めていた従業員五人が一度に辞めてしまったと耳にした時、ミチカはもう逃げようがなかった。本当は、自分が実家に逃げ帰ってきたはずだったのに。

てんぐ橋道具街のアーケードは早くも桜の造花《ぞうか》で飾られているが、開花まであと二週間ほど待たなくてはならない。けれど道具街を浅草通りに出れば、直線で一・五キロ向こうにこんもりとそびえる上野の山は、心なしか薄くピンク色にかすんでいるようでもある。そうして今日は、つぼみがほころぶのを促すような暖かさだった。ランチのあとだし、セミナーで居眠りしちゃったらどうしよう——って、バカ。あんた、なに呑気《のんき》なこと言ってるの？　タクミ屋が危ない状況にあるのは相変わらずなんだよ。

でも、仕方ないじゃない。自分にはなにもできないんだし、このまま潰《つぶ》れちゃうのも時代の流れなのかも……。

「潰れろって、どういうことなんですか⁉」

セミナーが終了すると、ミチカは講師に詰め寄っていた。

「いや、そんなことは言ってませんよ。緩《ゆる》やかに閉鎖の方向に持っていくのはいかがかと提案したんです」

べつに、タクミ屋だけを指して言ったのではなかった。セミナーの中で、小売店の未来像について、彼はそのように持論を唱えたのだった。だが、ミチカはカチンときた。ここに来るまでは、タクミ屋が〝潰れちゃうのも時代の流れなのかも〟なんて思っていたのに、人から言われるのは我慢ならなかったのだ。

「あなたは経営セミナーの先生なんでしょ⁉ どうしたらてんぐ橋の各店舗の経営状態がよくなるか、それを教えにきたんでしょ⁉ それが、店を閉めろっていうのが一番の提案だっていうんですか⁉ たとえば、こんな新たな工夫をして頑張ったらどうだって提案しないんですか⁉ なぜ、よくなる方法を教えてくれないんですか⁉」

講師が皮肉な笑みを浮かべた。

「いたずらに〝頑張れ〟とあおり、設備投資でもさせて、お店をさらに困窮《こんきゅう》させるわけにはいかんでしょう」

困窮させる⁉ 頑張ることが、うちをさらに困窮させるっていうの……？

一瞬、虚《うつ》ろになったミチカだったが、「よくなる方法を教えろって、あなたは今そう言いましたね？」という講師の声に、「ええ」と急いですがりついた。

「ならば、通販に切り替えることです。セミナーでも言いましたが、物販店《ぶっぱんてん》はネット通販に駆逐される運命にあるのですから」

――ネット通販か！　なるほど‼　それなら自分がしてきたことが役に立つじゃないか、とミチカはバンザイしそうになる。自分は大学在学中にＷｅｂデザインの会社を起業し、卒業後も一年間携わってきたのだから。

しかし今度は自分の隣で、講師に向かって冷ややかに言い放つ人物がいた。

「あなたはなにを言ってるんですか？　このてんぐ橋から店がなくなってしまうと、本気でそう考えてるんですか？」

野々村サンプルの社長だった。

ニット帽に、顎《あご》の下に垂れ下がったやぎひげ、作務衣《さむえ》姿の野々村は六十代半ばくらい。食品サンプル店の社長というより易者《えきしゃ》のような風貌だった。てんぐ橋道具街の外れにある生涯学習センターを出ると、通りを真っ直ぐに、ふたり並んで店に帰っていく。

「あんたみたくむきになって詰め寄らないだけで、みんな同じ気持ちさ」と野々村が笑う。「〝物販店はネット通販に駆逐される運命にある〟なんて言い始めた途端、居眠りを始めた店主も多かったんじゃないかな。それに、通販を併用してる店だってすでにたくさんあるしね」

「タクミ屋は、いまだにネット通販をしていません」

ミチカがぼやくと、野々村が頷く。

「陽子社長は、昔ながらの商売にこだわるから」

だからタクミ屋はこんな状況になってるんだ、とミチカは思う。

セミナー講師について、野々村がなおも感想を述べる。

「テレビのワイドショーでコメンテーターをしてる有名なコンサルタントらしいけど、てんぐ橋の特殊性をまったく考慮していないな。百七十店もの道具屋だけがこんなふうに軒を連ねてるエリアなんて、世界中を見渡しても例がないっていうのに、ものの見方が画一的過ぎる」

彼がミチカに目を向けた。

「ネット通販は欲しい商品のところに直接行って、それを買う。いわば点の買い物だ。しかしてんぐ橋に来れば、並んでいる店で品物を比べながらじっくりと選ぶ、線の買い物ができる。それも写真ではなく実物を見て、じかに手に取り、確かめながらね」

あたしは、ネット通販に賛成だ。世界に向けて発信できる。あと、分からないことがあった。それを訊いてみようと、「だったら」と口を開きかけたところで、野々村が先を引き受けた。

「だったら、どうしてあんな勉強会を開くのかって言いたいんだろ？　それは、我々のほうが画一的にならないためさ。てんぐ橋って狭い世界にいて、意見や観察がかたよらないように、外部から人を呼ぶんだ。常に風通しをよくしておく必要がある。そうする中で、学ぶべき点は学ぶし、無視するところは無視する。ミチカちゃんみたいに腹を立てたっていい」

あたしがさっき「潰れろって、どういうことなんですか!?」と感情に任せてものを言ったのは、自分の無力さを指摘されたように感じたから。それで腹が立ったのだ。ダメな店は潰れてしまう運命だと宣告されたのに、自分にはなにもできない。期待されてもいない。辞めてしまった従業員の代わりに、給料を払わなくてもいい娘が店を手伝いに帰ってきたくらいの感覚だろう。

そんなミチカの本心を知ってか知らずか、彼はうんうんと頷く。

「野々村のおじさん、あたし……」

道を挟んで隣にある食品サンプル店のこの社長とは、幼い頃から顔なじみでそう呼んでいた。中学、高校と進むにしたがって、実家のすぐそばのタクミ屋に顔を出さなくなったミチカではあるのだけれど……。

「あんたがね、タクミ屋さんで働くようになって嬉しいよ。てんぐ橋には、若い活力が必要なんだから」

ここに帰ってきて、そんな言葉をかけられたのは初めてだ。

道具街の入り口にある、屋上にジャンボコックの胸像が載った洋食器専門店が五階建てビルと規模が大きいほうで、あとはどこもたいていは路面店だ。野々村サンプルもタクミ屋もそうである。アーケードのかかった歩道を進みながら、野々村は通り過ぎる店々を時に覗《のぞ》き見て、あるいは店先で働いている人たちに向けて、常に軽く会釈している。みんな顔見知りなのだ。ミチカは知らない人が多いが、向こうはこっちをタクミ屋の娘だと知っているだろう。よくいえば人情に厚い土地柄。だがミチカは、そんな生まれ育ったコミュニティーから一度離れてみたくなった。そして、実行に移したのだ。帝都藝術大学《ていとげいじゅつだいがく》――テーゲー大に通い、実家を出てひとり暮らしすることで。

「ユイが働いてますよね、おじさんのお店で」

「ああ、ユイちゃんね。彼女は、いわば天才肌だな。料理の腕がいいって、かなえ食堂のご主人からも聞いてる。サンプルだって見事なものだ」

「ええ」とミチカは頷く。「工房で仕事をしてるとこを時々見てますんで、納得です」

野々村も頷いていた。

「ユイはなぜ、食品サンプルをつくるようになったんですか?」

「直接尋ねてごらんよ」

またそうなるか……。

野々村がにやつく。

「ユイちゃんという子は、まあ、その、いささか個性的な考え方をするところはあるよね。サンプルづくりを依頼されても、この店の料理はまずいからつくりたくない、とか」

「ただひとり我が道を行く、唯一無二のユイ」

思わずそんな言葉が口から出てしまう。

「そいつはいいや」

ふたりで声を上げて笑った。ちょうど野々村サンプルの前までできた時で、たくさんの料理模型が並ぶ店の奥で作業しているユイが、なんだろうといった顔でこちらに目を向けた。

2

道具街を走る通りは、かつて掘割《ほりわり》だった。大正時代、その水路に架かる天狗橋《てんぐばし》のあたりに数軒の道具商ができたのが、てんぐ橋道具街のそもそもの始まりだそうだ。橋のそばから一軒また一軒と道具を売る店が増えていったが、今のように道具店がずらりと軒を連ねるようになったのは第二次大戦以後のことだ。

　大正期に創業したタクミ屋は、てんぐ橋道具街の元祖ともいえる老舗《しにせ》である。関東大震災と東京大空襲により二度の店舗焼失の憂《う》き目に遭いながらも、その都度、創業の地から一ミリも動くことなく商《あきな》いを続けてきた。——といった話は、陽子から何度も聞かされている。創業者の匠善次郎《ぜんじろう》、すなわちミチカの高祖父《こうそふ》（陽子にとっては曽《そう》祖父《そふ》）は、職人気質《しょくにんかたぎ》の気風《きっぷ》のよい人で当初は鍛冶屋《かじや》をしていた。その流れで、さびに強いホーロー用品と料理道具を販売するようになった。

　善次郎が亡くなったあとは妻の榮《えい》が二代目となり、以後、女系家族のタクミ屋は、五代目の陽子まですべて女性が社長を務めている。

　タクミ屋があるのは、道具街の中ほど。大正期までは天狗橋という橋が架かっていた交差点の角地にある。道路を挟んで向かい側には、金色の大きな天狗とそれを囲むやはり金色のカラス天狗たちの像が立つポケットパークがあった。

　経営セミナーから戻ったミチカは、横長のレジカウンターで店番をしながら自分のノートパソコンを開き、ネットストアのサイトづくりに乗り出していた。てんぐ橋でも、すでに通販を併用している店があると野々村が言っていたが、タクミ屋に至ってはホームページすらなかった。ようやく自分にできることが見つかったのだ、とミチカは実感する。

　それにしても弱った。店で扱う商品が多岐にわたっていたからである。しかし、この取り扱い品目の多様さも、代々の社長の優しさを具現したものだと思っている。誇りにしたいくらいだ。

　ミチカの曽祖母（陽子の祖母）である三代目のリヱの時代のことだった。ホーローバットを買いにきた精肉店店主から、「自分たちが使う精肉用器具がどこにも売っていなくて困っている」という相談を受けた。「この方々のために、なにかできないだろうか」と一念発起したリヱは、オリジナルでさまざまな器具をつくった。ことに、精肉店のウインドーショーケースにぴったり収まる大きさのバットは大好評だった。それ以後も来客の求めに応じるまま、どんどん品目が増えていったのがこの店なのだ。商売や商品のことは分からないミチカだけれど、代々の社長の思いは大切にしたい。その血を受け継いだ者として。

　一《ひとつ》、商いはおもてなしの心
　一、真の商人道に徹し、奉仕の精神を貫く
　これはタクミ屋の創業者、善次郎が唱えた社訓である。この社訓と、社長らの精神だけは忘れたくない。

　だがふと、先ほど野々村が口にした「陽子社長は、昔ながらの商売にこだわるから」というひと言も思い出されるのだ。社訓や精神を大事にするタクミ屋は、こうして閑古鳥《かんこどり》が鳴いているではないかと。

外でバイクの止まる音がしたかと思うと、「おーい、誰かいねえのか!?」大きな声で呼ばれた。レジカウンターから出ていくと、白衣姿の男が立っている。

「いらっしゃいませ」

「おまえ、ミチカか?」

板前風のその男が訊いてくる。四角い頑丈そうな顎をしていた。

「あ、亀安《かめやす》さん」

浅草観音《かんのん》裏の小料理屋、亀安の大将だった。

「おまえ、テーゲー大に行くって、家を出たんだよな? それがこうして店に戻ったってことは、そうか、ついに跡を継ぐ気になったか?」

「あ、いえ、そういうんじゃ……」

「テーゲー大になんぞ入ったから、画家か彫刻家にでもなるのかと思ったら、そうか、やっぱりタクミ屋を継ぐのか」

そうひとり納得して、満足そうに頷いている。

自分は相変わらず自信のないこわばった笑みを張りつかせているはずだ。その顔の前に、亀安がいきなりおろし金《がね》を突きつけてきた。

「これ、とけはどうなんだ？」

と訊かれる。

ミチカはどぎまぎしていた。〝とけ〟っていうのは、口どけのことだよね、たぶん……と考える。

「なあ、どうなんだよ？」

「えっと……」

ミチカが言い淀《よど》んでいたら、「や、こりゃあ亀安の大将、いつもどうも」と遠近両用メガネを掛けた熊ヶ谷《くまがや》が割って入ってきた。いつも地味なネクタイを締め、ワイシャツの両袖に黒いアームカバーをはめた五十五歳の彼は、部長にして、タクミ屋に唯一残ってくれた従業員だった。

「ミチカさん、陽子社長が――」

といかにも奥で呼んでいるように取り繕うが、そうでないのは分かっていた。熊ヶ谷は、自分を逃がしてくれたのだ。こうやって何度救われたことだろう。

「お、クマさんいたのかい」

「へい」

熊ヶ谷の〝はい〟は〝へい〟に聞こえる。

「ミチカがタクミ屋を継ぐ気になったんじゃ、陽子ちゃんもほっとしたことだろうよ」

という声が、その場を去ろうとした自分の背中で響く。アラフィフの母を〝陽子ちゃん〟と亀安が呼ぶのは、ふたりが小学校の同級生だからだ。ミチカは下がっている暖簾《のれん》や提灯《ちょうちん》の陰に隠れ、彼らの会話に耳を傾ける。

「まあ、いきなり跡を継ぐってことでもないんで……」

乏しくなった毛髪をバーコード状の一九《イチキュウ》分けにした熊ヶ谷が、後頭部をこちらに向けていた。

「それにしてもよ、久し振りに顔見せたかと思えば、あんなふうに短《みじけ》ぇ髪になっちまったもんだから、すぐには分かんなかったな。ミチカっていえば、高校の頃は長《なげ》ぇ髪をこうふたつに結んでお下げにしてよ」

「そうでしたっけ？」

熊ヶ谷は相変わらずこちらに背中を向けていたが、困った表情をしているのが目に浮かぶようだった。

「ミチカのことは、小《ち》っちぇえ頃からよく知ってんだ。ほら、陽子ちゃんの別れたダンナが、ミチカを連れてうちに飲みにきてたからさ。カウンターに並んで座って、父親の酒の肴《さかな》に横から箸を伸ばしてた。食い道楽の血を受け継いでるぜ、あれは」

亀安の口から父の話題が出たところで、「どうしたの？」とすぐそばで声をかけられる。陽子だった。向こうでやり取りしているふたりの男の姿を見て、「カメちゃんじゃない」と言う。

母に、父の話を聞かせたくなかった。それで、さりげなくレジカウンターのほうへと促す。

「あたしさ、ネット通販のサイトを立ち上げようと思って」

パソコンの画面を見せようと思ったのだ。

「あんた、お父さんに似てるね」

「え？」

気を遣ったつもりだったのに、母のほうから父の話をしてるし……。

「お父さんは山師的なところがあった。あんたもその血を受け継いだのかしら。なんだか分からない事業に手を出して、失敗して戻ってきて」

「あのね、事業に失敗して戻ってきたわけじゃないって」

「だったらなによ？」

陽子に真っ直ぐに見据えられ、黙ってしまう。それは……それは……。やっぱり言いたくない。

3

翌日も客足がさっぱりなので、レジカウンターでパソコン作業を進めることができた。もちろん喜ばしくはない。売り上げもさっぱりというわけなのだから。

通販サイトの開設作業を進める中で、少しでも店で扱う商品について知識を取り込もうとした。時々、道具に関しては生き字引の熊ヶ谷に教えを乞《こ》う。そして、ほかにも訊いてみたいことがあった。

「ねえ、クマさん、タクミ屋のなにがダメなの?」

彼がきょとんとしていた。

「〝もう、この店はダメだ〟って言って、五人の店員さんがいっぺんに辞めてしまったんでしょ?」

熊ヶ谷は黙ったままで、曖昧《あいまい》な表情をしているだけだった。

いけない、この人を困らせるつもりはない。

「クマさんは、どうしてタクミ屋に残ってくれたんですか?」

従業員がタクミ屋を見捨ててみんな辞めたのに、最古参で番頭格のクマさんだけは残ってくれた。

「ここにきてくれるお客さまが好きだからですよ」

と彼は応え、穏やかな笑みを浮かべる。

「お客さま？」

「へい。近頃は、外国からのお客さまも増えましたしね」

てんぐ橋道具街には、今や世界のあらゆる国と地域から多くの人が訪れるのだ。ミチカは世界に向けて発信するつもりでネット通販を立ち上げようとしている。しかしすでに、てんぐ橋道具街は世界から注目を集める存在なわけか。

「それとアタシャ、道具が好きで」となおも熊ヶ谷が言う。「アタシャ高校を出てすぐ、親戚の紹介でタクミ屋のお世話になりました。入った当座は飲食店用品になんて、ちっとも関心がなかった。ところが、あることをきっかけに料理道具に興味を持つようになったんです。興味を持てば、自然と勉強するようになる。そしたら、知識も増えます」

興味を持てば勉強するようになり、知識も増える、か……。

サイトづくりを始めてみて、改めて思い知らされたことがある。この店は、扱う品目が多すぎるということだ。若き熊ヶ谷が興味を持つようになったという料理道具は、飲食店用品のごく一部にすぎない。

一方で店にあるどれもが、これまでの長きにわたり、客からのあれが欲しい、これを置いてくれという声を受けて揃えたものだった。いわばタクミ屋代々の思いやりの結晶である。三代目のリヱは、精肉店用のホーローバットをつくると、今度は求めに応じて、精肉の品名入りの値札シールも製作した。回転寿司屋が流行《はや》るようになると、四代目であるミチカの祖母の朋絵《ともえ》は、店に貼る短冊《たんざく》形の品書きに要望に合わせて手書きした。凛《りん》とした、けれどミチカにはどこまでも優しい亡き祖母は、美しい文字を書く道具屋の主《あるじ》として、テレビの教育番組にも出演した。


「今晩、カメちゃんのとこに行っといで」

事務所で陽子に言われる。

「それって、亀安の大将のお店ってこと？」

ミチカに向けて母が頷く。

「あんたがてんぐ橋に戻ったっていうんで、カメちゃんがご馳走《ちそう》してくれるってさ」

「なんで大将がそんなことしてくれるの？」

「小学校時代あの人、わたしのこと好きだったのよ」

屈託ない笑顔を咲かせた。

「それで、娘のあたしにご馳走してくれるんだ」

「さあね」

「お母さんは行かないの？」

と訊いたら、「呼ばれてるのはあんただけなんだから、ひとりで行ってきなさい」と突っぱねられた。

「ほんとは大将、お母さんに来てほしいんじゃないかな」

「バカ言ってんじゃないの」

そう一蹴《いっしゅう》してから陽子が告げる。

「あちらの開店時間に合わせて行って、混む前にさっと帰ってくるのよ」

言われるまでもなく、さっさと帰るつもりでいた。

浅草観音裏にある店までは、ゆっくり歩いて七、八分ほどか。昼間は観光客で賑わうこの一帯も、陽《ひ》が落ちればひっそりしている。浪曲《ろうきょく》の定席《じょうせき》、木馬亭《もくばてい》の明かりがわずかに灯《とも》っているばかりだ。

左側に縦書きで小さく〔小料理〕、横に大きな墨文字で〔亀安〕とある白木綿の暖簾をくぐると、店内は飾り気がなく、すっきりしていた。がさつな感じの大将とは印象を異にする。カウンター席が五つ、小上がりの座敷が三つ。どこもかしこも磨き立てられていた。

「らっしゃい！」

最初の「い」を口の中で噛み捨てた大きな声で迎えられ、びくりとする。タクミ屋に来る時と違って白い和帽子を被《かぶ》った亀安が片方の眉を上げ、細い目をこちらに向けていた。どうしていいか分からなくて立っていると、「そこ、掛けろ」と厨房《ちゆうぼう》に立つ彼の目の前のカウンター席を角張った顎で示された。

「お招きいただき、ありがとうございます」

ミチカはぺこりと頭を下げ、席に腰を下ろす。小学生の頃、父に連れられて何度か来て、カウンターに座ったっけ。きょろきょろと店内を見回した。懐かしいというより、こんな感じだったかなと確認する思いが強い。

亀安が厨房から腕を伸ばし、白木のカウンターに小鉢《こばち》と塩が盛られた小皿を置いた。

「二十歳《はたち》はとっくに過ぎてるんだし飲めるんだろ、ビールでいいか?」

「はい」

面倒臭いからそう応える。

「生《なま》はねえんだ。瓶《びん》でいいか?」

「はい」

やはりそう応えた。

中年の女性がお盆にビールの中瓶と冷えた小さなコップを載せて運んできた。最初の一杯を、「どうぞ」とお酌してくれる。そんな気遣いが古風だった。

「早千恵《さちえ》のことは覚えてるか?」

亀安が別人のような優しい面持《おもも》ちになる。恋女房というのなんだろう。

「お久し振りです」

と早千恵に向かって言ったら、彼女がにこやかな笑みを浮かべた。

「あのミチカちゃんだなんて、道ですれ違っても分からないわね」

亀安の女房にしとくのはもったいないような、きれいな人だった。

「まあ、飲んだらどうだ」

と促され、「いただきます」コップのビールに口をつける。それから、小鉢の空豆《そらまめ》に手を伸ばした。ひと粒取って、「これは――」思わず言った。

「ああ」亀安が笑みを浮かべた。「空豆は茹《ゆ》でてねえ。サヤごと焼いたんだ」そして、今度はその顔が不思議そうな表情に変わる。「おまえ、触っただけで分かったのか?」

「茹でた空豆より、しっかりしてる感じがしたんです。それに、かすかに香ばしい匂いがしたので」

外された空豆のサヤは、きっと焦げているはずだ。

亀安がにやりとした。

「今朝、千葉でとれたばかりのもんだ。少し硬いが皮は剝《む》かずにそのまま食ってみな。塩をちょいと付けてな」

ミチカは言われるままに、小皿に盛られた塩を付けて皮ごと口に入れた。ほっくりと蒸し焼き状になった空豆は、皮も豆自体も新鮮な緑のジュースをたっぷり含んでいて、ぱーんとした旨《うま》みが弾ける。

「実は、話があっておまえを呼んだんだ」

不意にそんな言葉が厨房のほうから降ってきた。……って、へ？　てんぐ橋に戻ったのを歓迎してご馳走してくれるんじゃなかったの？

「おまえんちは何屋だ？」

と訊かれる。

「あの、飲食店用品店です」

予想外の質問に、ためらいがちに応えた。

「飲食店用品店だあ？　牛の頭蓋骨とか、ヘンな提灯を売ってるのに、こっちの欲しいおろし金を置いてねえ。そんなんで、飲食店用品店なんて言えるか」

「おろし金……ですか？」

ミチカは虚ろに訊き返す。

「おおそうよ。昨日、大根おろしのとけいについて訊いたよな？　おまえは応えられなかった」

確かにそうだ。

「おまえは新入りだし、そいつは大目に見るとしよう。あのあとで、クマさんに同じことを尋ねてみた。すると、確かに道具の生き字引だ。いろいろ教えてくれる。ところがだ、肝心の物がないときた。だから言ってるんだよ、おまえのとこは何屋だか分からんと」

ミチカはカウンター越しに亀安を見上げる。彼はこちらを見ていた。

「タクミ屋は代々の老舗です。その歴史の中で、今の飲食店用品店という形が出来上がったんです」

「その老舗に勤めてた五人の店員がいっぺんに辞めたよな」

はっとする。亀安が躊躇《ちゅうちょ》することなく語り続けた。

「やつらは暖簾分けって触れ込んで、料亭やファミレスチェーンといったタクミ屋の大口の得意先をほとんどかっさらっていったんだ。どこかよそで道具屋を始めるんだと。てんぐ橋を出る前、あちこちでこう吹聴《ふいちょう》して回ったらしい、〝タクミ屋になんか行ったたって、欲しいものはなにひとつ売ってないぞ〟ってな」

ミチカは、がくりと肩を落とす。

「やったことを思えば、てんぐ橋で商売はできねえ。だから出てったんだろう。だがな、わざわざ言われなくてもみんな気づいてたことがある。タクミ屋には、なにも売ってないってな」

完全に打ちのめされていた。

「おいミチカ、タクミ屋は飲食店用品店だって言ったよな。それが、飲食店にかかわる物なら、なんでも手に入るってことなら、その逆だ。老舗がつくった形ってやつを、いったんぶち壊してみたらいいんじゃねえかな。それを伝えるために、おまえをここに呼んだんだ」

「なぜ、あたしなんですか？」

亀安が、ふんと鼻で笑う。

「陽子ちゃんに言ったって、聞く耳を持つもんかよ。クマさんは、ああいう人だ。道具のことは分かってても、お嬢《じょう》育ちの陽子ちゃんに付き従うだけだ。おまえしかいないじゃねえか」

タクミ屋がこのままでいいはずがない。だから、ネット通販を始めることにした。だけど、それ以上どうしたらいいの？

「母になにか言えるような、知識も考えもあたしにはありません」

ぼそりと返す。

「修業するしかないよな、ミチカ。それでおまえが、タクミ屋を変えないと」亀安が真っ直ぐにこちらを見ていた。「俺たちは料理のプロだ。しかし、道具のプロじゃあねえ。だから、道具のプロを頼りにしてるんだ。おまえには道具のプロになってほしくて、あれこれ言わせてもらった」

その時、ガラガラと入り口の引き戸があいた。シルエットのすっきりしたライダースジャケットを身に着けた若い女が入ってくる。艶《つや》やかな黒髪を目の上と襟足で切り揃えた彼女は――。

「ユイ」

自分の口から思わず声がこぼれ出ていた。

彼女はカウンター席にいるミチカに気づくと、眉をひそめ棒立《ぼうだ》ちになる。

だが、「らっしゃい！」亀安の威勢のいい声に迎えられ、仕方なく中へと歩を進めてきた。

「ユイさん、上着お預かりしましょうか」

と早千恵に声をかけられ、ユイが黒革のライダースジャケットを脱いで預けた。すらりとした彼女に、そのジャケットはとてもよく似合っていた。どうやらユイは、亀安の常連のようだ。

どこに座ろうか迷っている様子の彼女を差し置いて、さっさと早千恵が箸置きと割り箸、竹のトレーに載ったおしぼりをミチカの隣の席にセットしてしまう。そして、戸惑っているユイに向け、「お友だちかと思って。いけなかった？」悪意のない笑顔を向ける。その笑みの屈託のなさは、どこか陽子を思わせた。

「ミチカちゃんもいいわよね？」

頷き返したら、「あ、ミチカちゃんは〝ミチカちゃん〟でいいかしら？」とどこまでもあっけらかんとしている。〝ユイさん〟に対して、ちびの頃から通っていた自分は〝ちゃん〟付けなのだ。

Tシャツとジーンズ姿になったユイも観念したように、綿パンにパーカー姿のミチカの隣に座った。

「ふたりは同級生なのか」

亀安の言葉には応えずユイが、「大将、お酒を冷《ひ》やで。それと卵焼き」と頼む。

「酒はいつものでいいかな？」

と訊かれ、彼女は頷いた。

亀安が早千恵に酒の用意を目配せし、カウンターに背を向けて調理にかかる。

「ここ、よく来るんだ？」

ミチカは、ユイに話しかけた。

「関係ないでしょ」

彼女が前を向いたままで素っ気なく言う。

「ねえ、どうして……」

「あたしね、腹が立つの、あんたみたく、中途半端なのが」

ミチカは黙り込む。

「あんたさ、テーゲー大行って、そのまま起業したっていうじゃない。在学中からWebデザインの会社始めたんだって？　大したもんだよね。だったら、それ続けてればいいのに」

触れられたくない話題だった。苦しまぎれに、「続けられない理由ができたの」とだけ応える。

「はん、それで実家に逃げ帰ってきたんだ」

反論できずにミチカはうつむいた。そのとおりだった。テーゲー大生の卒業後の進路で多いのは、大学、高校などの教職関係である。美術予備校に勤める者もいる。これらの職業を選ぶのは、比較的コミュニケーション能力の高い者たちだ。油画科の卒業生は、テーマパークのアトラクションの内外装の制作やメンテを行うような非常にハイレベルのペンキ屋さん的な会社に就職したりする。工芸科の卒業生はバイトで食いつなぎ、地味ながら小作品を制作し定期的に展示をしている者もいるという。結局ミチカは潰しが効かず、実家を頼ったわけだった。

早千恵がユイの酒を運んでくる。

「あら、ミチカちゃんてテーゲー大だったの？　上野にある、あの国立の帝都藝術大学？」

「……まあ」

ぼそりと応えた。

「すごいわね」

そう言いながら徳利《とっくり》を持ち、やはりユイのための最初の一杯をおちょこにそそぐ。

ひと口飲んで、「う〜ん」とユイが唸《うな》った。そして、早千恵に向かって、「最近はね、〝冷や〟って言葉が通用しなくなったの。居酒屋で〝お酒を冷やで〟って頼んだら、お店の女の子が徳利を氷で冷やし始めた。冷やと冷酒《れいしゅ》は違うのにね。だけど〝お酒、常温で〟って注文するんじゃ、情緒がないでしょ。その点ここでは〝冷や〟が通用するものね」そんなことを満足げに語っている。

「はいよ」

厨房から腕が伸びて、ユイの前に卵焼きの皿が置かれた。そして、ミチカの前にも。

「これって……」

顔を上げて亀安を見る。

「ついでにつくったんだ。食べてみな」

さっきまでタクミ屋の在り方について意見されていたミチカは、亀安の厚意に身の置き所がない。それでつい、またよけいなことをユイに尋ねてしまう。

「どうして野々村サンプルにいるの？　かなえ食堂のほうは？」

「かなえ食堂のショーケースに飾る食品サンプルを自分でつくってみたくなったんだ。

それがきっかけで、あそこで勉強させてもらってる。食品サンプルをつくることが、自分の料理にプラスになるかもって考えて」

返答してくれたのが嬉しくて、ここぞとばかりにさらに質問した。

「で、できたわけ、その食品サンプルは？」

しかし、その問いかけに今度は応えてくれようとはせず、「あのさ」とユイが冷めた視線を向けてくる。

「食べるっていうのは、あたしにとって大切な勉強なの」

そこで、手酌した酒をひと舐《な》めした。

「卵焼きは、プロにとって一番難しい料理って言われてる。火の使い方、熱の伝わり方の差で、まるで違う味になってしまうから。あたしは、大将がつくる絶妙な火加減の卵焼きのファンで、今夜はそれを肴に冷《や》やを飲るのを楽しみにしてたの。だから、邪魔しないで」

あたしって、なにやってるんだろ……。

「ごめん」

素直に謝ったら、ユイはちょっとだけ張り合いがないとでもいった表情になる。けれど、すぐに箸を持って、目の前の卵焼きに取りかかった。

ミチカもせっかくの厚意を味わうことにする。角皿に卵焼きが四つ並び、大根おろしが添えられていた。この店のように飾り気がなく簡素だが、おいしそうだ。

「いただきます」

ミチカは亀安に言って、箸を紙の袋から出して割った。そしてまず、皿の端に盛られた大根おろしを少し取って、口に含む。

「甘い。この大根おろし、とっても甘いですね」

ミチカは亀安に素直な感想を伝える。

「ああ」

亀安が面白そうにほほ笑んでいた。ミチカはさらに大根おろしを味わうことにする。

「それほどふわふわという感じではないですね。昨日、大将がおっしゃってた、いけもそれほどではない」

カウンターの向こうで亀安は相変わらずにやにやしていた。今では、隣のユイもこちらに視線を向けているのが分かった。

「それはいってえどういうことだと思う、ミチカ?」

「この大根おろしは、ただおろしただけのものではない、ということですね?」

亀安の笑みが大きくなる。

「旨み調味料を加えれば、甘くなるかも」

と言ったのはユイだった。そのあとですぐに発した言葉を、「でも、違うな」と自《みずか》ら打ち消した。それから、「分かった！」彼女がなにか思いついたようだ。

しかし、「熱を加えた」と先に応えたのはミチカで、ユイが悔しげな表情を見せた。

「はは、おまえは道具のことは分からねえみてえだが、味のほうは分かるようだな」

その言葉に、「皮肉ですか？」とミチカは口をとがらせる。

すると、「そんなことあるもんか」と意外にも亀安が真面目に否定した。

「料理道具を商ってるんだ。味覚がすぐれてるのは、おまえにとってなによりの強みになるはずだ」

強み……あたしの……。

「ミチカの言うとおり、大根は加熱することで甘みを増す。五十度くらいで急激に甘くなっていくんだ。大根おろしも加熱すりゃあ甘さは二倍。料亭でもやってる裏技だぞ。家庭でだって、電子レンジで三十秒チンすりゃ甘くなる」

そこで、彼が再びミチカを見る。

「だがな、俺はそんな裏技なしに、おろし金だけで、ふわふわの口どけのいい大根おろしを卵焼きに添えて出したいんだ」

そして、タクミ屋はまったく役に立てなかった。

「その大根おろしを載せて、大将のふわとろの卵焼きを食べてみたいな」

隣でユイが言い、卵焼きを箸で切って口に運んだ。

ミチカは箸で割った卵焼きに大根おろしを載せ、食べてみた。ゆっくりと味わっているうちに、「ん？」気がついたことがある。――「味覚がすぐれてるのは、おまえにとってなによりの強みになるはずだ」と亀安が言った。自分の強みをまさに活かせるかもしれない！

「大将、おろし金を改めてあたしに用意させてください」

これから本当に、あたしの道具屋修業が始まるんだ。

4

歩道のアーケードが途切れる直前、だから、そこはてんぐ橋道具街の最後の店舗ということになる。路地一本を隔てたところにあるのは、先日、経営セミナーが行われた、区の生涯学習センターだ。

ミチカはその店の前に立って、おっかなびっくり中の様子を窺《うかが》っていた。どの店先にも、道具街の振興組合でつくった天狗の顔をモチーフにした店名表示がある。もちろん、この店にもお揃いのそれがあって、長い赤い鼻には〔大洞堂《おおほらどう》〕と白抜き文字が並んでいた。

熊ヶ谷に紹介された店である。

「それだったらミチカさん、大洞堂に相談してみてはいかがでしょう。なにしろ〝問屋の問屋〟って異名を持つ店なんで」

「問屋の問屋……？」

「へい」

てんぐ橋道具街の多くの店が問屋と小売りを兼ねている。生産業者から物品を買い入れ、それを広く最終消費者に売る小売店に卸す問屋が、「さらに相談する問屋があるんです」と熊ヶ谷が説明する。

「問屋が相談する問屋――で、てんぐ橋では敬意をこめて問屋の問屋って呼んでるのが大洞堂さんなんです」

平日も午後になると、業者以外の一般客もこの問屋街を訪れる。そうした人の多くは、そぞろ歩きつつ店々を覗いていく。けれど、この大洞堂だけは、中を一瞬チラ見するだけでスルーしてしまう。なぜなら、店内にはなにもないからだ。

いや、正確にいうと、三坪ほどの三和土《たたき》の真ん中にテーブルがひとつ、それを挟んで向き合うように椅子が二脚置かれていた。それだけで、あとはなにもない。人の姿もなかった。だから、集会所かなにかだと思って、皆が通り過ぎてしまうのだ。

「よし」

ミチカは勇気を奮って中に入ると、「すみませーん」奥に声をかけた。

だが、なんの反応もない。

仕方なくまた、「すみま……」呼びかけようとした時だ、「一度言えば分かるわい！」怒声とともに小柄な老人が現れた。

「あの、あたし、タクミ屋の者です」

「ふん」

しわっぽい、ひねこびた猿のような顔で老人がミチカをねめつける。

「うちの熊ヶ谷から聞いてご相談に上がりました」

「クマが」

老人の厳しい目もとが、ほんのちょっとだけだが緩《ゆる》む。どうやら熊ヶ谷は、それなりに一目置かれているらしい。「ここにきてくれるお客さまが好きだからですよ」と言ってタクミ屋に残ってくれた熊ヶ谷は、それゆえに彼らからも好かれているのかもしれない。これは、かわいげがない自分としては、大いに学ぶところだ。

「タクミ屋というと、おまえは朋絵の――」

「孫です。ミチカといいます」

「朋絵とは、小学校の同級生じゃった」

またそういうのですかい！　と、心の中でツッコむ。

「で、この大洞に相談とはなんじゃ」

と、老人がテーブルの奥側の椅子に腰を下ろし、ミチカにも向かいに座るよう促した。

「はい、種類の違うおろし金が幾つか欲しいんです」

「ふん、大根をおろす実験でもするつもりか？」

図星だった。大洞にもそれが分かったらしく、にたりと笑った。

「それから」

と、ミチカが言い出したもうひとつの用件には大洞も興味をそそられたようで、にたにた笑いがさらに広がった。

「なんで、あたしが協力しなくちゃいけないわけ⁉」

ユイが憤然《ふんぜん》として不平をもらす。

タクミ屋の二階は商品倉庫だが、奥にはちょっとした厨房スペースがある。かつて多くの従業員がいた頃、朋絵が彼らの昼食を賄《まかな》うのに使っていた。ミチカが高校二年の時、朋絵が六十七歳であっけなく亡くなると、そこは休憩する従業員にはやや広い給湯室となった。

野々村サンプルの終業後、彼女をここに呼んでいた。

「どうしてもユイの力が必要なの」

ミチカは必死に食い下がる。

だが、ユイのほうは取り合わない。

「亀安の大将から〝味覚がすぐれてる〟って、あんたオーケーマークもらってたじゃない。あたしなんて必要ないでしょ」

「料理ができないもの」とミチカは半ば開き直って訴えた。「味が分かったって、あたし、これまでまともに料理なんてしたことないし。だから助けて」

「ってハァ？」

ユイが呆《あき》れたようにこっちを見ていた。どんなに呆れられたっていい、絶対に協力してもらうんだ。だってこれには、てんぐ橋道具街であたしが生き残れるかどうかがかかっているんだから。

「野々村のおじさんに聞いた。ユイは天才肌の食品サンプル職人だし、料理の腕前もかなえ食堂のお父さんからお墨付きをもらってるって。あなたしかいないんだ、お願い」

頭を下げる。

それでも彼女はクールな表情を変えなかった。

「ユイは、あたしのこと中途半端で腹が立つって言ってたね。そのとおりなの」

ミチカは素直に自分について打ち明けた。すると、彼女の目に興味の色が浮かぶ。

「あたしは生まれてから、てんぐ橋しか知らない。だからここを出て、違う世界を見てみたかったんだ。それで近くて遠いところにある、テーゲー大に行きたいと思った」

てんぐ橋道具街は、よくいえば人情に厚い土地柄だが、ミチカにしてみれば、生まれ育ったそうした濃密なコミュニティーから一度離れてみたいという思いがあったのだ。それならどこに行こうか？　すると幼い頃、父に連れられ上野公園の科学博物館に行った時の記憶が蘇《よみがえ》った。ミチカが「ミイラを見たい」とせがんだのだ。なんでそんなものが見たかったのかは思い出せない。しかし、西郷《さいごう》さんの銅像下の階段で、若者たちが似顔絵描きをしていたのは覚えている。「テーゲー大生だ」と父が言った。「小遣い稼ぎを兼ねて、絵の勉強してるんだ」と。山の上のほうに行くと、黒い柵の向こうの陽だまりで若者たちが鉄を叩いたり、木を削ったりしていた。「ここがテーゲー大だ。みんなゲージツ家の卵だよ」と父が教えてくれた。その光景は鮮烈だった。純粋になにかを求める姿が、ミチカの心をとらえたのだ。

てんぐ橋から上野公園までなら、歩いてだって行ける……といっても、ちょっと距離があるけど、自転車ならラクラク往《ゆ》き来できる。しかし、上野の山のてっぺんに鎮座する帝都藝術大学は、芸術家の卵が集うところ。ミチカが生まれ育ったてんぐ橋道具街とは、まったく異なる世界に思えた。まさに近くて遠い場所。暮らしに密着した道具を商うのが、てんぐ橋だ。陽子などはテーゲー大生を「浮世離れしている」と揶揄《やゆ》していた。反発もあってミチカが、なんとかその浮世離れした上野の山の住人になってみたいと本気で考えるようになったのは、中三の時。両親が離婚してからだった。異世界の住人になって芸術家になってやる。高校は地元の公立高校に進んだが、すでにミチカの中にはテーゲー大受験が視野に入っていた。センター試験対策のため勉強に励む毎日。難関突破の最大の課題は実技試験だった。とはいえ、テーゲー大という世界に憧れたのであって、画家も彫刻家も音楽家も目指したことはない。そこで、実技の代わりに小論文を選択できる最先端表現芸術科に的を絞った。ミチカは、自分がなれる範囲で芸術家になることにしたのだ。

見事現役合格を果たしたミチカに、「テーゲー大？ ゲージッ家？」母は戸惑っていた。「あんた、お父さんに似てフワッとしたとこあるからね」とここでも言われてしまう。「家から通えばいいのに」という陽子の反対を押し切り、不忍池《しのばずのいけ》が見えるアパートでひとり暮らしを始めた。以来、この三月まで一度として帰らなかった。正月にも、夏休みにも帰らなかった。研究室に使っていい自転車が二〜三台あって、ひょいと乗れば十分もかからずに帰れたのに、そんな気になれなかったのだ。

テーゲー大は、ミチカが憧れたとおりの場所だった。世間から奇人変人の巣窟《そうくつ》のように思われているキャンパスは、上野動物園と隣接している。かつて夜中に動物園に忍び込み、ペンギンを盗み出した学生がいたという話を耳にした。大学のアトリエにある冷蔵庫で内緒で飼っていたらしい。その学生が手を咬《か》まれて血だらけになり、救急車で搬送されて発覚したのだとか。彼は病院のベッドで、「ペンギンの舌にはトゲがあるから気をつけろ」という教訓を垂れた。鳥類であるペンギンには歯がないけれど、ギザギザになっている舌で魚を捕らえるらしい。ところで、ミチカが入学した頃にはゴリラの檻《おり》がテーゲー大側に移され、簡単に侵入できなくなっていた。また、動物園の高いフェンスは、動物が逃げ出さないように張り巡らされているのではなく、テーゲー大生が忍び込まないようにあるのだとまことしやかにささやかれてもいた。その証拠に、有刺鉄線がこちらに向けられているではないか、と。テーゲー大を彩る心温まる伝説のひとつである。

やっと異世界の住人になれた！　そう思ったのもつかの間、自分はその世界から拒まれているのに気づく。ミチカがCGデザインを学ぶ最先端表現芸術科は、油絵を描かない若者が増えたことに危機感を抱いた保守的な教授連が、「であるなら、そのような者たちの受け皿を」と提案して創設されたらしい。ゆえに伝統系学科の学生からは、〝先っちょ〟とさげすまれていたのだ。異世界に入ったからといって、異世界人になれるのではない。その反発もあってミチカは、先っちょならではの課題に力を注いだ。プロジェクトを立ち上げ、学内に止《とど》まらず社会の中で実行していくというものである。グループワークが苦手だったので、ひとりでWebビジネスを始めた。パソコン一台でできる仕事だったし、学んだことが活かせる。あくまで実習のつもりだったのだ。ところがこのビジネス、ほんのちょっとだけれどヒットした。

「その程度だったから、事業なんていってもすぐに行き詰まったわけ」

本当のところ、事業はひとりきりで行っていたんじゃない。協力者がいた。でも、全部は言いたくなかったから、ユイにはそこまでを伝えておく。

「確かに中途半端なんだ。テーゲー大に進んだことも。事業を始めたことも。近くて遠い場所を選んだのは、いつでも帰ってこられるところだからなんじゃないかって思う」

「中途半端なのは、あたしも同じ」

黙っていたユイが、不意にそう口にした。

「え？」

「野々村サンプルでの修業は一年で終えるつもりだった。でも、つくった食品サンプルを、かなえ食堂のショーケースに並べられなかった。父が気に入ってくれなかったから」

ミチカはユイの顔を見る。

「そう言われたの、お父さんに？」

彼女が首を横に振った。

「父は遠慮して口にしないけど、分かるんだ。なんで、言葉に出さないんだろう？」

「親子だって、遠慮して言わないこともあるよ」

すると、ユイの表情が険しくなる。

どうしたんだろう？　とミチカは思った。また、機嫌を損ねること言っちゃったかな？

でも険しかった表情は一瞬で、珍しく彼女がにんまりした。

「陽子社長も遠慮したりするんだ」

ユイの言葉に、ふたりして顔を見合わせて笑ってしまう。笑いながら〝あんたのお母さん〟ではなく〝陽子社長〟というユイの呼び方に、この街で働いている自負を感じていた。ミチカは訊いてみることにする。

「〝タクミ屋になんか行ったって、欲しいものはなにひとつ売ってない〟って噂、聞いたことある？」

彼女はこちらを見ようとしなかった。その横顔で、街の声を耳にしているのが分かる。

「ユイも隣の工房から見てて分かるでしょ？　うち、客足が遠のいてるんだ。あたし、タクミ屋をなんとかしたい。でも今のあたしでは、口出しができないの。だから、もっと力をつけたい」

彼女は黙ったままだった。

「ねえ、ユイは料理人だよね？　それで、修業のために野々村サンプルさんで働いてる。なら、道具を知るのだって修業じゃない？」

亀安も〝俺たちは料理のプロだ。しかし、道具のプロじゃあねえ。だから、道具のプロを頼りにしてるんだ〟と言っていた。そう、タクミ屋は頼られる店にならなければ！

「ユイの苗字の鼎って、古代中国の魚や肉を煮炊きする青銅器——つまりは料理道具なんだよね」

「だからなに？」

と彼女は取り合わなかった。

やっぱりダメか……とミチカが諦めかけた時だ、ぽつりとユイが、「あたしだって、ここしか知らない。このてんぐ橋しか」そんなことを言う。ひどく寂しげな声だった。

意外な反応に、ミチカは戸惑う。なに？　どういうこと？

「あたしだって、ほかに行ってみたいよ」

それは、かなえ食堂を継がなければならない彼女自身の宿命について言っているのだろうか？

するとユイが、「分かった。手伝う」と急に決断した。彼女の中でどんな葛藤があったかは分からない。それでも、とにかくそう言ってくれた。

「ユイ！」

思わず呼びかけたら、さばさばした表情で彼女が頷く。

「で、なにすればいい？」

ミチカは、「これ」と、段ボール箱から製造もとが違う数種類のおろし金を調理台に出した。それらは、大洞が調達したものである。大洞は各製造業者に見本のおろし金としてひとつずつ提供してもらい、それを問屋（今回はタクミ屋）に渡す。その後、商品を紹介した問屋が発注するごとに業者からマージンを取るのだ。

次に、ミチカは丸のままの大根を出した。

「なんだ、大根おろすのを手伝えっていうの？」

不満そうな彼女に向けて、意を決したミチカは、「そう」と応える。

ユイは少しなにか考えているようだったが、覚悟したように頷いた。

「まあ、確かに大根おろしも料理よね。甘い大根おろしにしたいのであれば、まず大根の皮を厚めに剝く。辛みを出したければ、大根は皮つきのまま、あるいは皮を薄く剝いておろす」

「なるほど」

とミチカはいきなり感心する。

「あんたが必要としている大根おろしは甘いの？　辛いの？」

「ずばり甘いの」

ユイが、ははんという顔をした。

「亀安の大将が言ってた、ふわふわの口どけのいい大根おろしができるおろし金を探そうとしてるんだね」

「うん。協力して」

ふたりで手分けし、二十枚余りのおろし金を使って大根をおろし始める。

大洞が、「大根おろしというのは道具の名前でもあり、料理名でもある」と言っていた。「近世になり金属製のものが一般的になってから、おろし金と称されるようになったんじゃ。その昔は陶器製のもので、おろし皿と呼ばれていた」

二度目に大洞堂を訪ねてゆくと、テーブルの上には数々のおろし金が用意されていた。今、ミチカが試しているこのおろし金もそうだ。羽子板形の、昔ながらのおろし金である。

「おろし金の刃を、目ともいう」

「目、ですか？」

とミチカが訊き返すと、大洞が静かに頷いた。

「おろし金とはいっても、プラスチックでできているもの、ステンレス、セラミックとさまざまな種類がある。家庭用に普及したアルミ製のおろし金は、安いがヤワだ。プラスチックの目に至っては、切れ味が鈍くて、押しつぶしてるようなもん。水っぽくなるばかりじゃ」

猿顔の老人が鼻先で笑う。そのあとでミチカを真っ直ぐに見据えた。

「その点、純銅製の目は鋭く、食品の組織を破壊しない。パサつかず、しかも栄養分を損なわない」

大洞が用意したおろし金は、銅板を叩き締めて硬くしたものばかりで、一枚一枚の厚みが皆違う。そこに、鋼鉄製のたがねを打ち込んで、目が起こされている。

「板をプレス機で型抜きする方法もあるが、それだけでは銅板が軟らかすぎて目がスパッと起きないんじゃ。結局、刃物と同じで、叩き締めて鍛えないと切れ味がよくならんのじゃよ」

一本をおろし終えると、ユイが手慣れた包丁さばきで新しい大根の皮を剝く。そしてまた、ふたりで次のおろし金を試していく。

「なあに、その顔？」

とユイに言われる。

ミチカは、大げさなくらいににんまりとした笑みをたたえ、大根をおろしていた。

「しかめっ面で大根をおろすと辛くなるって、昔おばあちゃんから言われた」

「ぷっ」とユイが噴き出す。そのあとで、「辛み成分のイソチオシアネートは、大根の皮の周りに多く含まれてる。だから、皮を厚めに剝いたの。それとね、イソチオシアネートは細胞を破壊されることで活性化する。だから、力いっぱいおろすと、細胞が破壊されて辛みが出てくるということ。おばあちゃんの説は正しい」と解説してくれた。そして彼女も笑顔で、優しく円を描くように大根をおろし始めた。

甘い大根おろしも、おろしたまま放っておくと次第に辛くなること、三〜五分程度なら辛み成分が出るだけで結構おいしく食べられるが、それ以上置いておくと、大根特有の臭みが出ることが分かった。

ミチカは、店に出している竹製の目の粗い鬼おろしも持ってきて試す。

「これだと、大根という素材そのものを楽しめるな」

味見したユイが言った。

「ずば抜けてしゃきしゃきだから、大根の風味がダイレクトに感じられるね」

とミチカ。

「おろしたものを、そのままサラダとして食べられるくらい、しっかりした存在感がある。お酒のおつまみにもいい」

ユイのコメントに対してミチカが返す。

「ただ、竹製だからカビが生えやすいかな。お手入れに注意が必要かも。使い終わったら、すぐに洗って乾燥させないと」

「お、ミチカってば、道具屋みたい」

そうなんだ、あたしは道具屋として生きるんだ。これからマジで——。

おろし金を試すうち、口に入れた途端に大根の風味がガツンときて香りが残るざくざく系、焼き魚に合いそうなふわしゃき系など、さまざまな大根おろしの舌ざわり、歯ざわり、食味と出会った。そして、その差は、おろし金の刃となる突起部分、つまり目によって生み出されることに気づく。

「ねえ、見て」

とミチカは手に持ったおろし金の目をユイに示した。

「この目は真っ直ぐに立って並んでるでしょ。だけど、こっちのおろし金の目はというと」

「あ、斜めを向いてる」

ユイの言葉に、ミチカは頷いた。

「真っ直ぐな目は繊維を切っておろす。これに対して、目が斜めを向いていると繊維が残る」

今度はユイが頷き返した。

「だから、しゃきしゃき感があるんだ」

「そう。でも、いくら目が真っ直ぐに立ってても、その目があんまり細かいと、食材を掻きだす状態になるから、水分が多くなる」

と言って、ミチカはひとつのおろし金を手に取った。

「これでおろした大根おろしは雪みたいにふわふわ。口に入れると、とろり溶けてくみたい。甘みがあって、繊維質が残ってないのが分かる。これぞまさにキング・オブ・ふわとろ」

「ついに見つけたんだね」

そう言われ、ミチカは笑みを浮かべながら頷く。

「でも、ここから先が、実はほんとにユイの腕が必要なとこなんだ」

カウンターの向こうから、どうだとばかりに亀安が見下ろしてくる。

「うん。卵焼きも大根おろしもふわふわ。口の中でとろけるみたい」

隣でユイが、うっとりと感想をもらす。

「そうかい!」

と亀安も嬉しげな声を出した。

「よし、じゃあこのおろし金、もらおうじゃねえか」

「ありがとうございます！」

　ミチカはお辞儀したあとで、ユイと目を見交わす。彼女の唇が、「やっ・た・ね」と声を出さずに動き、ミチカは素早く目で応えた。そして、亀安に向けて説明を加える。

「こちらのおろし金は新潟の職人さんが、たがねでひと目ずつ鋭利に起こしてます」

「切れ味が抜群だ。食材の繊維を見事に切っておろすから、味わいがきめ細かになる」

　おろし金を手に満足そうだった亀安が、急に渋い顔をした。

「だがよ、ずい分と値が張るもんだな」

「純銅の板に並ぶ細かい刃は、きれいに揃っているように見えますが、実は間隔も高さも不規則なんです。この微妙な違いが作用し、大根の向きを何度も変える必要がないんです」

　彼が頷く。

「確かに、軽い力で手早くおろすことができたな」

　ミチカが頷き返した。

「切れ味が悪くなってきたら、職人さんが古い刃を削って、新しい刃を立ててくれます。目立てをすれば十年は持ちますよ。その目立ても三回は繰り返せるんです」

「一生もんてことかい？」

「はい」

ミチカはきっぱりと応える。

「目立ては、タクミ屋を通して職人に出せるんだな？」

「はい、責任を持って」

「〝責任を持って〟なんて言いながら、手数料を取るんだろ？」

「もちろん頂戴します」

「目立てをしている間も、おろし金が必要だよな」

すかさずミチカは、「同じものを二枚お求めになってはいかがでしょう？」と提案した。

「まあ仕方ねえな。俺が求めてた大根おろしのとけを実現できるわけなんだからよ。これで、究極の卵焼きができるってもんだ」

ご満悦の亀安に水をさすようだが、ミチカはあえて異を唱える。

「お言葉ですが、この卵焼きが究極と言いきれるのでしょうか？」

「なんだと!?」

亀安の顔がいっぺんに真っ赤に染まった。隣に座っているユイの横顔は、逆に凍りついたように蒼褪《あおざ》めている。

「おい、俺の卵焼きにケチつけようってぇのか!?」

ミチカは身体が震えた。だが、ひるむことなく、「大将にお試しいただきたい品があるんです」と告げる。そうしてカウンターの隣の席にある、タクミ屋の名入りの手提げ袋を自分の膝の上に置く。

亀安は、ミチカが袋から取り出したものを見て言葉を失っていた。卵焼き器である。卵焼き専用のフライパンが卵焼き器だ。卵焼き器は、正方形の関東型と縦長《たてなが》長方形の関西型の二種類が主に出回っている。

関東で卵焼きといえば、東京のお寿司屋さんで見かけるような、少し甘みのある厚焼き卵。

一方、だしの文化である関西はだし巻き卵だ。だしがたっぷり入った卵液を少しずつ焼いては巻いていくため、卵焼き器も返しやすい長方形になった。現在、家庭でも多く使われているのが、この関西型卵焼き器である。関東の料理屋でも、厚焼き卵よりもだし巻き卵を出す店が増えている。

ここ亀安でもだし巻き卵が供される。亀安は高い技術で、ふんわりとした卵焼きに仕上げていた。

「この卵焼き器で、だし巻き卵を焼いてほしいんです」

ミチカが亀安の目の前に差し出しているのも、だし巻き卵を焼くのに扱いやすい、なんの変哲もない縦長長方形の卵焼き器である。

「よし、やってやる!」

亀安がそれを受け取った。

ユイが不安そうにこちらに視線を送ってくる。ミチカは、「大丈夫」というように再び目で応えたが、心は揺れていた。

「弱火で調理すると卵の生臭さが残る。強火で手早くこしらえるんだ」

亀安が見事な手並みでつくった卵焼きを、大根おろしと一緒に角皿に盛り付けると、

「さあ、どうだ、食ってみろ!」ふたりの前に突き出した。

ユイが意を決したように、新たに置かれた卵焼きに、大根おろしを載せて口に運ぶ。

「!」

ユイの目が大きく見開かれた。

ミチカも急いで箸を伸ばすと、同じようにひと切れを口に入れた。そして確信を得て大きく頷く。

亀安が不思議そうにこちらを眺めていた。

すると、「ちょっとごめんなさいね。わたしもお味見させて」さっぱりした笑顔の早千恵が割り箸を割ると、大根おろしと一緒に卵焼きを食べる。

「あ、これいいわ」

妻の感想に、亀安が気の抜けたような顔になる。

「いつもの俺の卵焼きがダメってことかよ？」

そう言われて、早千恵が今度は、先に焼いただし巻き卵を味見する。

「こっちもいい」

「どういうこった？」

すっかり混乱している様子の夫に、「いつもの卵焼きは、ふんわりとした大根おろしと一緒に食べることで、さらに口どけがよくなった。でも、次に焼いたほうは、なんていうのかしら、お酒によく合う感じとでもいうのかな」早千恵がゆっくりと伝えた。

亀安が今度はミチカに向かって、「おい、どういうことなんだよ？」と訊いてくる。

「お渡しした卵焼き器は、鉄製のものです」

ミチカは語り始めた。

「普段、大将が使っているのは銅製の卵焼き器だと思います」

そうだ、というように亀安が頷く。

「熱伝導のいい銅は、均一に速く熱が伝わるため、プロも卵焼き器は銅製を選ぶ人が多いんです」

「周りもふわふわのまま、中もとろっとした卵焼きがつくれるからな」

と亀安が言い、ミチカが首を縦に振って応じる。

「それに比べ、鉄は熱伝導が悪いんです」

そう口にしてから、自分でも小首を傾《かし》げてしまう。

「〝悪い〟っていう言い方は鉄に対して申し訳ないので、熱が伝わるのにタイムラグがあるって言い直します」

「べつに鉄に気を遣わなくてもいいんじゃねえか？」

と亀安が苦笑いを浮かべた。

「熱が中まで伝わるまで時間がかかるので、鉄に当たっているところ、つまり卵焼きの表面はかりっとしてきます。一方で、中のほうは熱がゆっくり伝わるので、とろとろの手前、だしのじゅわっが残ります」

そこでユイが、「銅のふわとろの卵焼きに対して、鉄は外かり中じゅわってことね」と援護の合の手を入れる。彼女はタクミ屋での実験で、素材の違う卵焼き器でだし巻き卵をつくってくれた。料理下手の自分には、ふたつの卵焼きを均一に焼くことなどできないので、ユイの腕前を借りたのだ。

「最初に大将の卵焼きを味わった時、甘い大根おろしと相まって、辛党のお客さまはお酒の肴になる卵焼きを欲しがるのでは、と考えたんです」

「だから、俺の卵焼きは甘すぎるって言いたいんだろ？」

と、この屋《や》の主《あるじ》がふてくされる。

「違います。甘いふわふわの大根おろしで、ふわとろの卵焼きを食べたい方もいます。その一方で、ふわふわの大根おろしと周りがかりっとしただし巻き卵を、お酒のアテにしたい人もいる。選択肢を増やしては、というご提案なんです」

ミチカは亀安を見、早千恵を見た。

「さっき、鉄に申し訳ないと言ったのは、熱伝導について〝悪い〟と決めつける言い方をあたしがしたからです。熱の伝わり方にもいろいろあって、そこから生み出されるものもさまざま。大根おろしだって、ふわふわで口どけのいい甘いのだけが最上じゃなく、しゃきしゃきした辛みだっておいしい。それぞれよさがあるってことなんです」

笑いながら早千恵が、「究極のふわとろ卵焼きと、大人の外かり中じゅわ卵焼き――ふたつがお品書きにあったら楽しいかも」と夫を盛り立てる。

「こんちきしょー！」

と亀安は吼《ほ》えたが、その顔は笑っていた。そして、「分かった」と意を決したようにミチカを見る。

「おろし金を二枚と鉄製の卵焼き器、もらうことにするよ」

「毎度ありがとうございます」

ぺこりと頭を下げたミチカに、隣でユイがほほ笑みかけた。お辞儀したままでミチカは、横目で笑みを返す。

そこで亀安が、ふいに言って寄越した。

「で、全部で幾ら値引きするんだ？」

そうきたか！　ミチカは唇を嚙む。商売って厳しい。


すぐ裏の通りにある築三十年以上のマンションから出勤したミチカは、店のシャッターを開ける。アーケードの歩道をほうきで掃除していたら、「おはよ」とユイが近づいてきた。

「ところでさ、どうして卵焼き器の熱伝導なんかが分かったわけ？」

「ああ、それか」

とミチカはほうきを動かしながら話を続ける。

「あたし、最先端表現芸術科でCGデザインを専攻するつもりでテーゲー大に行ったんだ。だけど、一～二年生の間は自由体験できるから、なるべく大掛かりな設備や広いスペースが必要な学科を選ぼうと思ったのね。そんなことできるのも大学にいるうちだけだと思ったから」

加熱して溶かした金属を鋳型《いがた》に流し込んで器物《きぶつ》や彫刻をつくる鋳金《ちゆうきん》は、さすがにちょっと怖かった。で、金属を打って鍛え、板や線、立体なんかの形状に延ばしてものをつくる鍛金《たんきん》を選んだ。そして、ひとりの男と出会った……。

「やりながら、途中でくっ付けたり折り曲げたりの、即興が面白いんだ、あれ」

「なに、それ？　抽象芸術？」

「まあ、そんなとこ。でも、あたしの性格に合ってたみたい。そこで、金属の性格も学んだわけ」

鉄製の卵焼き器が欲しいと伝えたら、大洞が面白がった。プロはたいてい銅製を使うぞ、と。それを聞いて、亀安が銅製の卵焼き器を愛用しているのを確信した。

「〝やりながら、途中でくっ付けたり折り曲げたりの、即興が面白い〟——か。ミチカらしいね」

ふたりで笑い合う。そのあとでユイが言った。

「かなえ食堂のショーケースに並べる食品サンプルのこと話したよね」

ミチカは頷く。

「野々村サンプルで一年働いて、卒業制作のつもりでつくったんだ。あたしとしては、それなりに自信のあるものができた。だけど店先に出せなくて、仕方なく工房に持ち帰った」

「野々村のおじさん……じゃない、野々村社長はなんて？」

とミチカは訊く。すると、ユイが小さく首を横に振った。

「黙って、ただ笑ってた」

――どういうこと？　ミチカは考えてみるが、自分などに理解できるはずがなかった。

「それでね、あたし、社長に頼んで、もう一年野々村サンプルで働かせてもらうことにしたんだ。かなえ食堂の店頭に置けるサンプルがつくれたら、あたしは卒業できる」

ユイは、自分の道を真っ直ぐに突き進んでいるものとばかり思っていた。そんな彼女も迷いを抱えていた。

浅草通りから望む上野の山の桜は、いつの間にかすっかり色が濃くなった。そうなんだ、とミチカは思う。これからも行き当たりばったりかもしれないけど、やりながら考えていくしかない。そうそう、タクミ屋の社訓の三つ目にもある。
一、創意工夫
道具店が並んでいるから道具街なんじゃない。そこに道具の目利《めき》きたちがいてこその道具街なんだ。あたしは、ここで働き始めたばかり。社訓の最後のひとつを胸に今日も頑張ろう。
一、精一杯

第二章　世界一のパティシエ

1

店の中にぬっと入ってきたのは、大柄でがっちりした男性だった。短い髪をワックスでブラシのように立て、口の周りにひげを生やしていた。ネイビーのスイングトップに白のパンツ姿で、洋食店のシェフという感じだった。ディナータイム前の休憩中にやってきたのだろう。タクミ屋の客は、九九パーセントが飲食業者だ。最近では、どんな店の料理人なのか、ミチカにも見当がつくようになってきた。

広いとはいえない店内に、商品を所狭しと重ねて置いたり、吊るしたりしている通路を行ったり来たりしながら、その男性客はなにか探していた。客はプロばかりだから、なにか訊かれれば応えるが、こちらから声をかけるようなことはない。それでもミチカは、その男性と目が合ったので、「いらっしゃいませ」と快活に挨拶した。

「こちらは、いろいろなものを扱っているんですね。幟とか、暖簾とか、提灯、造花なんかも」

色の浅黒い、いかつい顔立ちに反して、ソフトな話し方をする。四十代前半といったところだろうか。

「はい」

とすぐさま返す。タクミ屋は、飲食店用品店である。飲食店が必要とするものならなんでも手広く商っていた。ミチカにしてみれば、そうした業態にますます疑問を抱いているわけなのだが。

「道具街のアーケード通りをあちこち覗きながら歩いてきました。竹製品の専門店、箸だけのお店、こね鉢やのし棒、麺《めん》切り台を売ってる蕎麦打ち道具屋。いや、いろんな専門店が並んでいて実に興味深かった」

「あの、失礼ですが、てんぐ橋道具街は初めてですか？」

思わず訊いてしまう。

「ええ。だから、あちこち面白く見させてもらいました」

やっぱり、この辺のお店の人じゃないんだ。

「どちらから？」

というミチカの問いかけに、「ああ、吾妻橋《あずまばし》です」と意外な応えが返ってくる。

「あら、近くじゃないですか。橋を渡ってすぐ」

雷門の前を真っ直ぐ隅田川に向かうと現れる、橋の名前だ。吾妻橋は、対岸の墨田区側の住所でもあるのだ。ちなみに、墨田区役所やアサヒビールタワーなど、河川沿いの高層建築が建っているあたりが吾妻橋一丁目だ。

「ええ。近いし、いつか覗いてみたいとは思っていたんですが、なかなか忙しくて」

「お忙しいのはいいことですね」

ミチカもなんとなく話を合わせる。

「でも、今日はどうしても欲しいものがあって、こうしてやってきました。道具街の通りに入って、お店を覗きつつ天狗橋の交差点まで来たら、金色の大きな天狗とそれを取り囲む金色のカラス天狗の像が立ってて」

「ああ、お向かいのポケットパークですね」

男性が頷く。

「すると道の反対側に、暖簾があるかと思えば、お鍋なんかも店頭に並んでるタクミ屋さんが目に入った。で、面白そうだぞと、横断歩道を渡ってきたわけなんです」

「そうだったんですか」

うんうんとミチカは頷く。こうして、うちを面白がってくれる人もいるんだ。

「ところで、私の欲しいものですが、こちらにあるかどうか——」

「なんでしょう?」

「ケーキ型です」

ミチカはきょとんとしてしまう。

「洋食屋さんじゃなくて、ケーキ屋さんだったんですか?」

男性客が改めて、自分は朝比奈《あさひな》という者だと名乗った。飲食業者ではなかった。自宅を仕事場にして、フリーランスでビジネスをしているのだという。なるほど、それで平日のこの時間に、こうして道具街を歩くことができるのか、とミチカは思うと同時に自分の早とちりを恥じた。

「一般の方だったんですね、業者の方ではなく」

ミチカがプロ以外の客を相手にするのは初めてである。

「一般の人間でも、買い物できますか?」

「大歓迎です」とミチカはほほ笑む。「ケーキ型でしたら、こちらになります」

朝比奈を案内していき、銀色の円いオケのようなステンレス製の型を見せた。

「一八センチのものがだいたい標準タイプですね」

飲食店用品店として、飲食店が求めるものを広く扱うタクミ屋である。なんでも標準タイプであればほぼ揃えている。

「実は、息子が金属アレルギーなんです。安全なケーキ型が欲しいのですが」

ケーキ型ならスーパーの製菓材料売り場にも並んでいる。朝比奈には、そのような特別な事情があって、わざわざ道具街を訪ねてきたのだ。

「そういうことでしたら」

と、ミチカは今度は明るいオレンジ色のものを見せる。

「シリコン製のケーキ型です」

これは、スーパーには置いてないだろう。タクミ屋は、一八センチのステンレス製とシリコン製を置いていた。

「いやあ、こちらに来た甲斐《かい》があります。助かりました」

朝比奈は大いに喜んで帰っていった。

ミチカは店の前に立って、道具街をツバメが行き交うのを眺める。地元の人々から天狗寺《てんぐでら》と呼ばれる天羽寺《あもうじ》の境内に巣をつくったようだ。ゴールデンウィークも明けている。三月に実家に戻ってから二ヵ月が過ぎていた。

「あんたもすっかり接客が板についてきたね」

陽子だった。どうやら母は、客と自分とのやり取りを脇から観察していたらしい。

「そうかなあ」

ミチカは小さく笑った。少し前なら、なにも応えられなかったろう。しかし今は、てんぐ橋道具街を象徴するような超カオスのこの店内で、どこになにがあるかはすべて頭に入っている。ネットショップを立ち上げる中で、ようやく理解することができたのだ。しかしオープンしたそのネットショップはリアル店舗と同様、あまりに品目が多岐にわたっている。まるで迷宮のようで、利用者が欲しい商品に行きつけるか怪しかった。

「亀安の大将が褒めてましたよ、ミチカさんのこと」

と、今度は薄くなった頭を一九分けにした熊ヶ谷である。

「〝あいつはほんとによく勉強してるし、研究熱心だ〟って」

悪い気はしないが、「でも、さっきのはたまたま」とミチカは言う。

「もしも、一五センチとか二〇センチのケーキ型が欲しいって注文だったら、うちには在庫がないもの」

それは照れ隠しが半分で口にしたことだ。しかし、半分は事実。これこそが〝タクミ屋になんか行ったたって、欲しいものはなにひとつ売ってない〟という言葉を表しているのだった。

「だけど、なにもかも全部のサイズを揃えることはできないわけだしね」

陽子が言ってくる。そうなのだ。だからこそ、どういう品揃えにするかだ。しかし、それはケーキ型のサイズを全部揃えるのとは違う。道具街のこの先には、菓子道具専門店があるわけだから。

「朝比奈さん、一般のお客さまだった」

「さっきの方のことかい？」

陽子に訊かれ、ミチカは頷いた。

「うちは大半がプロですが、素人のお客さまも多くいらっしゃるところがありますよ」

と熊ヶ谷が教えてくれる。今日も白いワイシャツに地味なネクタイを律儀に結び、シャツの両袖に黒い布のアームカバーを付けていた。

「たとえば、お隣の野々村サンプルさん。ミニサイズの、串に刺さったみたらし団子とか、餃子《ギョーザ》とか、齧《かじ》りかけのパンの耳のキーホルダーやストラップをお土産用につくって販売してますね」

「パンの耳、ですか？」

「へい」

パンの耳のストラップなんて、どこに付けるんだろう？　しかも齧りかけ……とミチカは想像を巡らす。

「食品サンプルは日本固有の文化でもあり、野々村サンプルさんには海外のお客さまも多く訪れます」

なるほど。

「海外からのお客といえば、中国《ちゆうごく》ハウスさんもそうですね」と、さらに熊ヶ谷が鼻の上の遠近両用メガネの位置を直しながらガイドを続ける。「あそこでは、干したサソリや中華行灯《あんどん》、チャイナドレスのほか、財運ステッカーや土地の吉凶を占う羅盤《らばん》といった風水グッズなども扱ってます。ヘタに中国に行って探すよりも面白いものが見つかるって、一般の方々に大人気ですよ」

風水とかコアなファンがいるんだろうなあ。干したサソリも欲しい人は欲しいだろうし。

「青竹屋《あおたけや》さんは、九割が国産品で、職人手づくりの竹製品を多く仕入れてます。プロが使う業務用ばかりなので、値も張りますし、小売りも五個や十個単位が基本。でもね、店の外に出ているザルやカゴはバラで売ってて、こちらも一般の方が求めていかれるそうです。〝素材のよい竹は、使い込んで赤くなると味が出る〟と青竹屋の社長が言ってました」

さすが熊ヶ谷。道具ばかりでなく、てんぐ橋の生き字引でもあると感心する。そのあとで、高くても、いいものは一般ユーザーも買うんだよなと思う。その時だ、ふと気づいたことがあった。発言しようとしたが、熊ヶ谷の話がなおも延々と続いていた。

「エプロンから着物までユニホームを扱う平和《へいわ》ウエアさん。あそこは、プロの使ってる衣類は機能的だって、一般の方にも評判だそうです。それと、お客さまが持ってきたTシャツやブルゾンへのプリント入れも、一枚から気軽に引き受けてるんだとか。最近じゃあ、コスプレファンていうんですか、ああした方々もいらっしゃるそうで」

彼の話が一段落したと見て、ミチカは自分の考えを伝えることにした。

「タクミ屋の商売って、BtoBだけで成り立ってるわけですよね」

すると、横から母が口を挟む。

「なによ、びーつーびーって？　商売繁盛の呪《まじな》いかなんか？」

それに応えたのは熊ヶ谷だった。

「企業間取引ってことですよね。ビジネスtoビジネスだと。まあ、道具屋と飲食店なわけですから、そうなりますすね」

ミチカは、話の通じない陽子にではなく彼に向けて頷く。

「プロは価格に厳しいです。すぐに〝何パーセント値引きしてくれるの？〟と価格交渉になります。〝ほかなら幾ら安いよ〟って。あたしは、あれが苦手です。なんだか、商いをしているのではなく、戦っているような気持ちになるんです」

亀安に、おろし金と卵焼き器を買ってもらった時も値切られたっけ。

「でもね」と陽子がいつもの屈託のない笑顔で言う。「価格交渉は付きものなんじゃないかね。文字通り〝売り買いは戦いだ〟というプロもいるし。あと、ほら、ある意味コミュニケーションの一環なのかもよ」

しかし、タクミ屋の現状は厳しい。BtoBであるにせよ、一円でも値切られたくなかった。

「お母さん、このままでいいわけないよね」

「なによ、急に？」

「なにって、この店の在り方に決まってるでしょ。従業員に逃げられちゃうくらい危機的状況にあるんだよ、うちは」

「分かってるわよ、そんなことは。けど、みんなが辞めてくれたおかげで、なんとかお店が存続できてるともいえるのよね。じゃないと、給料払わないといけなかったわけだから」

「大口の取引先をごっそり持っていかれてね」

ただひとり残ってくれた熊ヶ谷が気まずそうな表情になる。彼には悪いが、いや、この際だから、熊ヶ谷もいるところでなんでも話すべきだと思った。

「借金だって、あるんだよ」

「そんなもん、昔からあるさ」

社長の陽子はどこ吹く風だ。そこで矛先《ほこさき》を変えることにした。

「ねえクマさん、ＢｔｏＢの商取引を続けてるだけじゃ、うちに広がりはないと思うんです」

「では、ミチカさんはどうしたいと？」

「一般ユーザーの朝比奈さんは、いっさい値切ろうとしませんでした」

「つまり、プロ以外にも店の客層を広げるべきだとおっしゃりたいんですね？　消費者《コンシューマー》――ＢｔｏＣも模索すべきだと」

熊ヶ谷の言葉に対して、「へい」とミチカはつい応えていた。彼の口調がうつってしまったのだ。ところで客層を広げるには、なにをどうしたらいいのだろう？

2

店先で品出しをしていたら、「やあ」と声をかけられる。顔を上げたら野々村サンプルの社長だった。

「どちらかにお出かけだったんですか？」

相変わらずの作務衣姿、ニット帽を被った野々村に訊く。取引先を訪問するのにもこのスタイルだ。そういう自分も、動きやすいからとジーンズにＴシャツで接客しているけれど。

「工場のほうに顔を出してきたんだ」

埼玉県の春日部市《かすかべし》に野々村サンプルの工場があるのだ。社長の弟が工場長を務め、数名従業員を使っている。そちらでは、持ち帰り弁当店やファミリーレストランなどナショナルチェーンから発注された食品サンプルを量産しているそうだ。てんぐ橋にある本店には、社長と社長夫人が常駐している。細い顔に、縁が細く、細長い形のメガネを掛けた社長夫人は事務方で、たいてい店の二階にいた。社長が留守の時だけ階下にきて店番を務める。そしてもうひとりいるスタッフが——ミチカはさりげなく小路《こうじ》を挟んで隣にある野々村サンプルのほうを見やった。ガラス張りの工房で、前髪と襟足の髪を真っ直ぐ横一線に切り揃えたクレオパトラカットのユイが制作中である。

ユイはオムライスに、色鮮やかなトマトケチャップをかけていた。もちろんフェイクソースで、チューブで搾《しぼ》りだすのではなく、紙コップから絵筆を使ってかけられる。それでも、オムライスの卵は内側がとろとろの半熟であることを予感させ、ケチャップの甘酸っぱさをミチカの口中に蘇らせた。

「ユイちゃんも、いつかはかなえ食堂に帰るわけだからなあ」

ミチカの視線の先を追っていたのだろう、野々村がそんなことを感慨を込めてつぶやく。ユイは実家のかなえ食堂からレンタル移籍しているのだ。

ミチカは、ふと訊いてみたくなった。

「社長のお店は、ずっと食品サンプルを扱ってこられたのですか？」

幼い頃から顔見知りだった彼を、つい先日までは〝野々村のおじさん〟と呼んでいた。でも、それだと甘えているような気がして、〝社長〟と呼ぶようにした。自分も、このてんぐ橋道具街で商売する一員となったのだから。

「うちはね、もともとは祖父が脇息《きょうそく》をつくる職人だったんだよ。脇息って知ってる？」

そう訊かれて、ちっとも分からなかった。

「時代劇で、殿さまが座ってる脇に置いて、肘《ひじ》を乗っけてるのを見たことないかな？まあ、身体をもたせかける道具だよね」

ああ、とミチカはなんとなく理解した。

「生活が西洋化するにしたがって脇息の需要がなくなると、大正年間には木工で人体模型の製作に携わるようになってね。そのうち蠟細工《ろうざいく》で、肝臓《かんぞう》とか腎臓《じんぞう》とか心臓《しんぞう》の模型をつくるようになった。それが食品サンプルのルーツ」

「え!?」

野々村の口から聞かされた、それは意外な事実だった。

「最初は根津の自宅で、いつの間にか蠟でうなぎの蒲焼きなんかもつくるようになってたんだけど、戦時中に空襲に遭って焼け出された。戦後は新橋のバラックで、蕎麦屋さんから注文を受けて天ぷらのサンプルをつくるようになると大評判。つくったサンプルが、干してるそばから売れていくんだ」

時代の移ろいの中で、ひとつの店がいろいろと業態変更していくのだなと思った。

「そんな頃、てんぐ橋に道具店が軒を連ねるようになって、うちもここに移ってきた。親父の代になって、デパートの食堂から注文が入るようになると、サンプルの品目もどんどん増えていったってわけだよ」

昨日、タクミ屋の客層を広げるべきだと主張した。そんなこともあって、野々村サンプルの話を聞いてみたくなったのだ。一般ユーザーも多く訪れるというこの店の成り立ちを。

「じゃあ、野々村サンプルさんは、てんぐ橋に来たのは戦後なんですね？」

「そうだよ。タクミ屋さんのように、大正の初期にここで開店した元祖てんぐ橋道具店とは、うちなんか格が違うよ」

そう言って笑う。

陽子も、老舗としてのタクミ屋に愛着と誇りを持っている。ミチカだって同じだ。でも、変わらなくてはならない時なのかもしれない。亀安の言葉が蘇る。「老舗がつくった形ってやつを、いったんぶち壊してみたらいいんじゃねえかな」

野々村の、「どうしたんだい、急に、さ？」という声に、もの思いにふけっていたミチカははっとする。

「え？」

「いや、うちがずっと食品サンプルを扱ってきたのか、なんて訊くからさ」

　ミチカはうつむいて応えに窮していた。野々村が、メニュースタンドだの幟だのがあふれんばかりになっているのに目をやる。軒先には、道具街の振興組合でつくった天狗の顔の店名表示があった。どの店にも掲げられているお揃いのものだ。ミチカが立っている店先の赤い鼻には〔タクミ屋〕という文字が白抜きされている。

「ミチカちゃんのとこもいろいろあるんだろうけど、辛抱して頑張るしかないよな」

「ありがとうございます」

　ミチカがぽつりと応えた時だ、「タクミ屋さん」と横から呼びかけられた。

　ブラシのように立てた頭髪、口の周りにひげをたくわえた、がっちりした男性が立っていた。手に、タクミ屋の店名が入ったレジ袋を提げている。

「朝比奈さん」

　野々村が、「お客さんのようだね」とその場を外す。店に帰っていく彼に向かって頭を下げたあと、朝比奈に向き直ったミチカは急に不安になった。

「もしかしたら息子さんになにか？」

　金属アレルギーということでシリコン製のケーキ型を薦めたわけだが、判断に間違いがあったか？

「あの型で、ケーキを焼いたんですが」

「やっぱりなにかあったんですね!?」

ますます気持ちがはやる。携えているレジ袋の中には昨日買ったケーキ型が入っていて、突き返しにきたんだ。

だが朝比奈は、「〝ママのケーキじゃない〟って言うんです、息子が」と、意外なことを口にする。

「はあ……」

「もちろん、そのとおりなんですよ、妻でなくて、私が焼いてるわけなんで」

「あの――」

「実は、亡くなった妻のレシピでケーキを焼こうと思いまして」

とにかく店に入るように、ミチカは促す。レジカウンターに案内すると、熊ヶ谷と陽子も、何事だろう？　といった感じでやってきた。

「こちらで求めたケーキ型で、妻のレシピどおりに焼いたんです。でも〝ママのケーキと違う〟って悠真《ゆうま》が。あ、息子は悠真といいます。七つ、小二です」

それは当然、つくる人によって味も変わってくるはずだ。

「失礼ですが、朝比奈さんはお料理のほうは？」

とミチカは訊いてみる。

「妻は、悠真が好きな料理のレシピを幾つか残してくれました。それらは、ほぼ間違いなく再現できます。ハンバーグなんかは、うまく再現できたんだけどなあ」

彼が、ミチカの顔を見返した。

「私は仕事柄、ものを再現する感覚みたいなものが身についているんです」

「仕事柄、ですか？」

思わず尋ねていた。

「ええ、そうです」

とだけ朝比奈は応えた。そして、「ご覧いただけますか？」と、集合したタクミ屋の面々に向けて言うと、手に提げていたレジ袋をカウンターに置く。彼が中から取り出したのは、やはりケーキ型だった。しかし、昨日買ったシリコン製ではない。錆《さ》びて穴があいた金属製のケーキ型である。

「妻は、この型で焼いていました」

「こいつは年季が入ってますね」

横から熊ヶ谷が言う。

「ブリキの型って、上手に保管しておかないと錆びるのよね」

今度は陽子がつくづく感想をもらす。そう、それはブリキ製のケーキ型だった。

すると朝比奈が頭を掻く。

「妻が亡くなって以来ずっと使わずに、戸棚の奥に突っ込んだままだったものですから」

「仕方ないと思います」とミチカは言う。そして、さらに説明を加えた。「ブリキは鉄を鍛えた鋼《はがね》に防錆《ぼうさび》のため錫《すず》をメッキしたものです。メッキが剝がれてしまうと、そこから腐食が始まります。それに、メッキには無数の小さな穴があいていて、そこから水分が入って、どうしても中の鋼が錆びるんです」

熊ヶ谷も陽子も、なんでそんなこと知ってるんだろう？　とでも言いたげな意外そうな顔でこちらを見ていた。

「ご商売とはいえ、お詳しいんですね」

朝比奈が感心したような顔を向けてくる。

「あたし、学生時代に金属を扱うことがあったんです」

テーゲー大の自由体験授業で選択した鍛金だ。

「なるほど、それで……」

と朝比奈が納得したようなしていないような返事をしてから、「悠真はクロームアレルギーなんです」と言う。

「錆びにくいクロームはステンレスの合金に用いられますものね」

そう言いつつミチカはひどく納得していた。

「だから、ステンレス製の型はダメだけど、ブリキ製の型なら大丈夫というわけか」

金属アレルギーだからと、自分は安易にシリコン型を薦めるだけで済ませた。それで、一人前なんて評価されていい気になっていた。

「奥さまがブリキ型で焼いていたのに、シリコン型で焼けば、いくら同じレシピでケーキをつくっても、焼き上がりに差が出て当然です」

「妻の代わりに、あの子のパティシエになってやりたいんですよ」

朝比奈が静かに語る。

「悠真は、おいしいと評判の店のケーキを食べることはできません。しかし、なんとか自分が、この子にとって世界一のパティシエになってやりたい。妻がそうだったように」

さっそく一八センチのブリキのケーキ型を仕入れるので、入荷次第届けると約束した。

「シリコン型、お役に立たなかったですね」

申し訳ない気持ちになる。

「妻のレシピにはないんですが、アイスケーキやムースなんかの冷菓にも挑戦しようと思ってるんで、その時に使うつもりです」

そう言って、彼は帰っていった。

入れ替わるように白衣姿の亀安がやってきた。

「おう、陽子ちゃん、行平《ゆきひら》あるか？」

大きな声で尋ねる。小学校時代の同級生で、母に気があったという亀安は、角刈りにした髪に白いものが交じり始めても、いまだに〝ちゃん〟付けで彼女を呼ぶ。

「行平鍋ならそこにあるよ」

すかさず陽子が返すと、亀安が口を斜めにした。

「なんでえ、一八センチしかねえのか」

「そうよ。うちは広く浅くの品揃えが売りなんだから」

すると亀安が我慢しきれなくなったように、ついにあの台詞を口にする。

「おい、タクミ屋ってぇのは何屋だ？」

「何屋って、うちは飲食店用品店だよ。飲食店にかかわる物なら、なんでも手に入るのがうち」

陽子が屈託なく笑う。

「その逆だよ」

亀安が冷たく言い放った。

ミチカは思う。五人の店員たちは「タクミ屋になんか行ったたって、欲しいものはなにひとつ売ってないぞ」と言いふらし、てんぐ橋道具街から出ていった、と。そして、陽子の耳にもそれは入っているはずだ。いや、母は彼らから直接その言葉をぶつけられたかもしれないのだ。

「またあ、そんなカメちゃんてば」

陽子は冗談めかそうと、相変わらず屈託なく笑っているが、もはや虚《むな》しさが隠しきれなかった。

「俺は本気で言ってるんだ。タクミ屋には、親父が亀安を観音裏に出してからというもの世話になってる。それに陽子ちゃんの店だと思うから、俺もこれまでは取りあえず来てた。だがよ、これからはそんな時間の無駄はしたくねえと思ってる。こっちも忙しいからな」

言うだけ言うと出ていった。

「カメちゃんたら、時間の無駄だなんて。失礼しちゃう……」

しかし、そうつぶやく陽子の顔からは完全に笑みが消えていた。代わりに熊ヶ谷が、電車に乗り遅れた人が見せるような曖昧な薄笑いを顔に貼り付かせていた。薄笑いのあとで、底の深い真顔になった。そして、ミチカは唇を噛んでいた。

隅田川沿いに建つタワーマンションからの眺めは素晴らしかった。浅草側に窓が向いているため、東京スカイツリーは見えない。だが巨大なスカイツリーは、近いと圧迫感だけで、あまりありがたくもない。葉桜になった隅田公園の並木が、グリーンベルトのように続くのを眼下に眺められるほうがすがすがしい。

ミチカはブリキ製のケーキ型を届けに、朝比奈の住居兼仕事場を訪ねていた。広いリビングの壁際に、事務用の大きなデスクが二台、向き合って置かれていた。

「ここが、妻の席でした。経理面などで私の仕事を手伝ってくれていたんです」

手前の席を示して言う。すると、窓を背にした奥側が朝比奈の席か、とミチカは推察する。なぜかその席の隣には、天井から大きなサンドバッグが吊り下げられていた。

朝比奈は、かつて設計会社のエンジニアとしてプラントなどの設備設計を担当していたという。

「プラントという言葉は、あまり馴染みがないかもしれませんね」

と、こちらを見た。

「プラントとは、多種多様な機器や装置が幾つも組み合わさって、あるひとつの大きな性能を発揮する設備です」

自分の顔には「？」マークがたくさん並んでいると思う。

「あ、よけい混乱させてしまったかな。えーと、そうだな、じゃあざっくりこう考えてください。工場とか発電所なんかがそうだと」

そこでひとつのことに思い至る。

「金属に関して、商売とはいえ詳しいとあたしを評されましたが、もしかして、朝比奈さんはお仕事上ご専門なのでは？」

「確かに。しかし、シリコンとブリキの型によってケーキの焼き具合の差がどう出るかまでは予測がつきませんでした」

ふたりして笑い合う。

朝比奈が仕事の話を続けた。改造工事を繰り返したプラントの保守修繕を行う場合、元の図面が役に立たなかったり、あるいはすでに失われていたりして現状が把握できないのだそうだ。

「現場の皆さんが、分かりやすい手段で情報を共有できないかと思ったんです」

朝比奈が考えついたのは、現場を三六〇度のパノラマ写真に撮ることだった。画像で確認できれば、故障個所や不具合の修理に必要な部材の手配があらかじめ可能だ。修繕スタッフらが現地に足を運ぶ回数を減らせる。このアイディアに未来を感じた朝比奈は、独立を決心する。

「まあ、いってみれば三六〇度パノラマ写真に魅了されてしまったんですな」

彼は自分の仕事が大好きなのに違いない。やはり、奥側のデスクが朝比奈の仕事机らしく、パソコンのモニターを見るように促される。ウルトラワイド画面のモニターで、そこには地球儀の展開図のようなものが映し出されていた。

「これが三六〇度の分割写真です。舟形多円錐図法《ふながたたえんすいずほう》っていうんですが、この十二のボートの底のような形を切り取って、球体に貼り付けると地球儀ができます」

「あ、小学校の社会科の実習でやりました」

ミチカに向けて朝比奈がほほ笑みながら頷く。ごついオジサンだが、笑顔は優しかった。

「私の仕事では、舟形をPC処理でスティッチングしていきます。それによって三六〇度のパノラマ写真を構築する。いわば、現場を再現していくわけです」

なるほど、それで〝再現〟か。彼が言っていた「仕事柄、ものを再現する感覚みたいなものが身についている」という意味を、ミチカは理解した。

朝比奈がモニターの映像を切り替える。

「今まで、さまざまな場所を撮影しました。ここ、どこだと思います？」

ゆっくりと回転しながら角度を変えて映し出されたのは、大きなひょうたん形の窪《くぼ》みだった。

「なんでしょう、これ？」

ミチカには想像もつかない。

「あるお寺の池なんですよ。もっとも、水を抜いてますが。非常に由緒あるお寺の本坊《ほんぼう》——あ、住職が起居する建物ですね——その庭にある池です。国の名勝に指定されてる庭なんですけど、一般公開されていない」

「池ですか？」

驚いて訊く。

「かいぼりというんですが、池の水を抜いて、魚などの生物をいったん採取し、ゴミやヘドロを取り除いて、底を天日干しします。普段はお寺の人しか入れない場所なので、ブラックバスなどの外来種が紛れ込むことはありません。しかし、池にアオコがはびこっちゃいましてね、浄化しようということになった。その際、歴史的発見も期待されるし、水抜きした池の状況を記録したいと依頼があったわけです」

再び画面が切り替わった。

「これは……」

鉄骨の屋根の梁《はり》がむき出しになった廃墟のようだ。

「福島第一原発です」

東日本大震災の影響で爆発した原子力発電所の建屋だった。

「これ、究極の自撮りです」

放射線防護服を頭からすっぽり身にまとった人物が、パノラマ写真で撮った廃墟の真ん中にいる。

「じゃ、この人は朝比奈さん、ですか？」

「ええ。一枚だけ記念写真」

確かに、彼の話すとおり、さまざまな場所を撮影してきたらしい。ミチカは、白い防護服姿の朝比奈の背後、建屋の破れた天井の間から覗く青空を見つめた。

「空、きれいですね」

するとと、朝比奈も頷く。

「真冬の、ひたすら青い空が広がってました」

彼は立ち上がると、壁のラックから手のひら大の黒いプラスチックキューブを取って、ミチカに見せる。

「自撮り棒の先に、このカメラを付けて撮ったんです」

サイコロ六面から小型カメラのレンズが覗いていた。

「モノづくりカフェに通って、3Dプリンターでつくったんです。試行錯誤の繰り返しで、半年くらいかかったかな。それでも、昔なら金型や生産加工機が必要でしたが、今は3Dプリンターがあるので、アイディアを形にできるわけです。設計者である私が製造者にもなれる」

広角レンズを搭載した六台のアクションカメラを無線操作して同時にシャッターを切るため、撮影は一瞬だとか。

「ただね、初めは仕事がなくって。当時住んでたアパートは狭かったので、近所の図書館の勉強室に大荷物を抱えて通ってました。PCが使える机がふたつしかないんで、朝イチで並ぶんです。スマホに連絡が入ると、荷物をまとめて打ち合わせに行ってね」

やがて大手ゼネコンとも取引が始まり、「ここに越してきて、仕事場のスペースも確保できたというわけです」と笑う。

こんなタワーマンションの高層階に住めるなんて、きっと朝比奈のビジネスはうまくいっているに違いない。広いリビングの玄関に近い側は生活空間らしく、置かれている北欧風の家具やソファに温《ぬく》もりが感じられた。それにしても、ミチカには気になるものがある。

「あの、ひとつ伺っていいですか。サンドバッグっていうんですよね？　これはいったいどういう？」

「ああ」

朝比奈の顔にさらに大きな笑みが広がった。そして、サンドバッグを押す。すると、ゆらりと重そうに揺れ始めた。

「私ね、空手の黒帯なんです。仕事に行き詰まった時や、取引先から無理を言われた時には、こいつをガツンと」

タワマンだと、こんなものも吊り下げることができるんだ、とつくづく思う。おまけに、殴ったり蹴ったりするんだろうから、ミチカが暮らす実家の古いマンションだったら天井が抜け落ちてしまう。

そして、と改めて思った。今日の朝比奈は上着を脱いだシャツ姿だが、確かに腕っぷしが強そうだ、と。

「自分の好きなことばかりをやってきたんですよ、私は」

朝比奈の横顔がふっと寂しげになった。

「妻は、そんな私に付き合ってくれた。ここに越して間もなくでした、病気で亡くなったのは……」

突然、奥のドアが開くと、パタパタというスリッパの音とともに小さな男の子が現れた。

「悠真、そっちはダメよ」

年配の女性が男の子を追いかけてくる。悠真と呼ばれた男の子が、朝比奈の足にむしゃぶりついた。

「息子です」

朝比奈が分厚い手で、悠真の頭をぐりぐり撫でる。黒目勝ちのかわいい男の子だった。目が細い朝比奈にではなく、亡くなった母親に似たのかもしれなかった。

「そして、私の母」

朝比奈の母親がミチカに向けて頭を下げる。豊かな白髪が美しい。フレームのないメガネを掛けていた。ミチカもお辞儀を返す。

「今日はミチカさんに届けてもらったケーキ型で再挑戦してみます」

朝比奈家をあとにしたミチカは、てんぐ橋道具街を歩いていた。妻を失った朝比奈を気の毒には思う。半面、好きな仕事に邁進《まいしん》していることが羨ましくもあった。そして考える、いろいろな人生があるのだ、と。亡くなった奥さんは、どんな気持ちだったろう？　幼い悠真が気がかりだったろう。彼女は幾つかのレシピを夫に託した。彼はそれを再現しようと努力している。

道の先で、大声で笑っている人たちがいた。皆、顔を見たことがある道具街の人たちだった。それが、ミチカが近づいた途端に話をやめた。「タクミ屋にはなにも売ってない」そう噂していた？

もちろん、こんなのはよくある偶然だ。みんなの話が途切れたのと、自分は関係ないはず。けれど気まずい思いがして、ミチカはちょこんと頭を下げると、そそくさと脇を通り過ぎた。そんな自分の目に、素足にスニーカーを履いたクレオパトラカットのユイの姿が映った。

3

「金属アレルギーか」

コーヒーカップを口もとに運びながら、ユイが真っ直ぐに切り揃えた前髪の下から視線をこちらに向けてくる。

「今は食品サンプルを勉強してるけど、いつかあたしは、かなえ食堂に戻ってお客さまの口に入るものを調理する。アレルギーは人ごとじゃないな。加工食品も、エビ、カニ、小麦、蕎麦、卵、乳、落花生なんかは表示が義務づけられてるでしょ」

朝比奈宅から帰る途中に出くわしたユイは、天狗寺の竹やぶに笹の葉を取りにいく途中だった。アジの塩焼きの盛り付けに、皿に敷くためのものだ。アジはもちろん、天狗寺で分けてもらった笹の葉もシリコンで型を取り、樹脂を流し込んでつくるそうだ。

それぞれの店が終業後の今、改めてエレキホールという喫茶店で待ち合わせた。最近はチェーンのカフェ流行りだが、ここは町の古い喫茶店である。レトロめかしているんじゃなくて、フツーに古い。フードメニューも、焼き飯、ハムトースト、ナポリタンと、それっぽかった。一番人気は、ソース焼きそばを薄焼き卵で包んだオムマキ。

なんとなく落ち着くので、ひとりでお昼を食べにくることもあるが、今日はユイをお茶に誘っていた。彼女に相談したいことがあったから。

「うちの社長も価格交渉には疲れてるよ」

とユイ。社長というのは野々村のことである。

「この間ね、桃《もも》をつくれって言われた」

「食品サンプルで果物の桃をつくれって注文があったわけね？」

ユイが頷く。

「その客ね、桃の皮を覆っている柔らかい毛も再現しろって注文してきたの」

「できるのそんなこと？」

思わずミチカは訊いていた。ユイが今度はゆっくりと頷く。

「どうやって？」

さらに訊いた。

「方法のひとつとしてはフェルトを使う」

「毛羽立《けばだ》った布でくるむっていうことね」

「そう」

と応えたあとで、彼女が凄みのある笑みを浮かべた。

「けど、あたしならそんなことはしない」

「まさか……」

「ナイロン製の纖毛《せんもう》を一本一本植えてく」

やっぱり……それは途方もない手間だった。

「で、結局そうしたの？」

ユイが悔しそうに首を振る。

「相手の見積もりが安すぎて社長が断った。その金額だと、桃の皮の産毛《うぶげ》を一本一本植えるどころか、フェルトで仕上げるのだって無理」

ふたりが向き合っているのは木製のテーブルだが、テーブルゲーム機になっている席もある。昭和に隆盛を誇ったらしいそれらのコンピューターゲームは、今は電源が切られているが、リクエストすればプレーできる。もっとも、電子音をまき散らしてお店の静寂を破ろうとする客などいない。

「まったく、安く叩けばいいと思ってるんだから。商品価値ってものが分かってないの。うちの仕事は丁寧だからね」

さらにユイが言い募る。

「最近じゃ、人件費の安い海外でつくらせてるサンプル業者もいるけど、そういうのって中抜きになってるの。材料費を節約するためにね」

「製品の中にまで樹脂を入れないで、外側だけつくるってことだよね。中身が入ってるのと、入ってないのだと、どんな差が出るの？」

「陽に当たるとショーケースの温度が上がるでしょ。で、食品サンプルが空洞だと中の空気が膨張して、表面の塗料にひび割れ《クラック》が入る」

ユイがまたコーヒーをひと口飲んだ。

「それよりなにより、目に見えない中身が詰まってるかどうかで、目に見える外側の質感てものが違ってくるの。鼻先で漂う料理の香りや、口の中に湧いてくる味わいが、ね」

そういうものなのか。

「だけど、業者相手だとお約束のように値切ってくるよね」

ミチカは頷き返した。

「タクミ屋の現状って、ほんと厳しいんだ。だから、一円でも値切られたくない。BtoBの商取引だと価格交渉がつきまとうなら、BtoCにならないかって思った」

「つまり、飲食店を相手にするんじゃなくて、一般の人向けの商売をしていこうってこと？」

「だけどね……」

悔しくて、悲しい気持ちが込み上げてきて、うつむいてしまう。

「誰を相手にするか、なんて問題じゃなくて、うちのほうが誰からも相手にされなくなっちゃってるの」

ユイは「そんなことないんじゃない」とも「思い過ごしかもよ」とも言わなかった。やっぱり、すぐ隣から眺めてて彼女もそう感じてるんだ。

「それならさ」黙っていたユイが口を開く。「誰もが振り向く店にしたらいいじゃない。ねえ、そうだよね？」

返す言葉が見つからないまま、エレキホールを出た。ユイは、地下鉄の入り口近くにある実家のかなえ食堂に帰っていった。てんぐ橋道具街は、夕方五時半〜六時に閉まる店がほとんど。客である飲食店業者の営業が本番を迎える時間だからだ。問屋街の人々と、そこの客たちを相手にするかなえ食堂も七時には暖簾をしまう。ユイは家に帰ったあとも、片付けや仕込みを手伝っているそうだ。なにしろ彼女が野々村サンプルで働いているのは、その経験をかなえ食堂で活かすためなのだから。

どの店もシャッターを下ろし、ひっそりとした問屋街を歩く。まだ宵の口だというのに、昼間とは打って変わった様相だった。ミチカは自宅にではなく、店舗の横にあるドアから事務所に戻った。

「あら、お帰り」

陽子がひとり残っていた。開いた帳簿を前に、電卓を叩いている。パソコンではなく、彼女はいまだに手計算なのだ。鼻の先に老眼鏡をかけた横顔が疲れて見える。借金は昔からあると強がっていたが、母の肩にのしかかっているものは計り知れなかった。自分の代でタクミ屋を潰すようなことなどあってはならない、そんな重圧と常に闘っているはずだ。

「お母さん」

知らず知らずのうちに声をかけてしまう。

「え？」

彼女が顔を向けた。

「あたしたち、変わらないとね」

そう言ったら、陽子は薄《う》っすら笑う。

店の電話が鳴った。母が出ようとするのを制し、受話器を取った。

「タクミ屋でございます」

相手の声を聞いて、「朝比奈さん――」ミチカは言った。

ブリキのケーキ型で焼いても、悠真は「ママのと違う」と納得しなかったらしい。電話を切るとミチカは、ママチャリを転がして朝比奈宅に急行した。この件をきちんと解決できなければ、自分は前に進めないような気がしたのだ。そしてなにより、お客さまのために力の限り尽くしたいと思うから。〔一、精一杯〕――それはタクミ屋の社訓だった。

ミチカが腰掛けたベージュの革のソファの手ざわりはなめらかで、クッションはほどよく沈み込む。すっかり気落ちしている朝比奈に、焼き上がったバターケーキを味見させてもらった。バター、砂糖、卵、小麦粉を混ぜ合わせて焼いたシンプルなケーキは、口に入れると芳醇さと甘みが広がり、「おいしい」と、ミチカはごく自然にそう感想を述べていた。

「本当ですか？」

朝比奈が真剣な表情で訊いてくる。

「ええ」

自分もひどく真面目な顔で返事していた。

リビングの中央に置かれた応接セットの向かいで、朝比奈がお手上げといった感じでソファの背もたれにどさりと身を預けた。

「どうぞ」

朝比奈の母が、ソーサーに載せたティーカップをふたつ運んできて、自分たちの間にあるローテーブルのケーキ皿の横に置く。

ミチカは礼を言ってから、あちらでフローリングの床にじかに座りテレビアニメを観ている悠真に視線を送った。「どこがママのケーキと違うの？」彼の小さな背中に向け、声に出さずに問いかける。そしてこの際、ちょっとした印象でも朝比奈に伝えてみることにした。

「些細《ささい》ですけど、ヒントになるのではと思いお話しするんですが」

「なんでしょう？」

朝比奈が身を乗り出す。

「確かにおいしいケーキですが、歯ざわりが重たい感じがするんです」

「ほほう」

「もっと、ふわっとしててもいいのでは、と」

「そんなものでしょうか？」

「とても微妙な感覚です。でも、悠真くんがそれを感じてたとしたら」

「妻のレシピどおりつくってるんだけどなあ」

ブリキ製のケーキ型は熱伝導がいい。適度な熱が、ケーキをふっくらさせすぎず、歯ごたえも残す。だが、芯に感じられるかすかな重さは、歯ごたえとは別のものだ。

4

「で、預かってきたのが、このレシピなの」

ミチカは、A4判のコピーをユイに見せる。昨夕に続いて終業後のユイを、今度はタクミ屋の二階に呼び出していた。

「へえ、ずいぶん細かく書いてあるね」

朝比奈の妻が遺したバターケーキのレシピだった。原本はノートに手書きされていた。美しい文字で、図も交え、したためられている。亡き妻が、悠真に食べさせたいお菓子や料理のつくり方を朝比奈に託したノートで、病床で書かれたものだという。入院後間もなく病状が悪化したため、記された品数は多くない。

「ユイには、このレシピどおりバターケーキを再現してほしいの」

ミチカは朝比奈宅のキッチンで見せてもらったのと同じ道具を揃えていた。ブリキのケーキ型も、今度のことで一八センチのものは店に置くようになっている。こうやって客の要望とともにだらだらと際限なく、そして無秩序に品数が増えていく。

「わあ、このレシピ、めっちゃ細かいね」ユイが感嘆のため息をもらす。「すごいのは、全部を数値化してるってこと。〝少々〟とか〝適宜〟みたいなのはいっさいなし。〝約〟や〝程度〟もない。〔バター一〇〇グラムを二センチ角、厚さ一センチに切る〕ってきっぱり指定してる」

「どれどれ」

と改めてミチカも覗き込む。おいしいものを食べるのは大好きだが、料理とは無縁なのだ。それで、このようにユイにお出ましを乞うことになる。

「バターってね、生地に擦《す》り混ぜる場合は、適度な硬さが必要なの。冷蔵庫から出したてだと、硬くて混ぜられないけど、溶けすぎたバターでもダメ。こうやって、均一に切ることで、ほどよい硬さが保てるってわけ」

バター、砂糖、溶き卵を混ぜ終えると、ユイは泡立て器をゴムベラに持ち替えた。

「さあ、ここからがおいしいケーキになるかどうかの分かれ目だからね」

目の細かいざるでふるっておいた薄力粉とベーキングパウダーを全部加え、レシピによると〔ボウルに沿って生地を底からすくい上げ、上で返すように〕混ぜる。

「これってね、生地に入った空気を潰さないためなんだよ。だから、リズミカルな動きなんだけど、ボウルにゴムベラを沿わせてるから扱いが優しいんだ。生地とボウルの隙間を削ぐような感じでね。レシピでは、これを〔百回繰り返す〕って、きっちり数が書いてある」

そして、レシピどおり百回行った生地は、艶やかでふんわりなめらかに仕上がっていた。

「艶やかなのは、粘度が出て、生地につながりができたから。これ以上混ぜると粘度が高くなりすぎて、ふくらみが悪くなる。百回って数は絶妙だね」

ユイは手を動かしながらも、レシピの記述に感心しきりだ。

「さあ、焼きに入るよ」

ケーキ型にクッキングシートの型紙をセットし、そこに生地を詰める。バターケーキの生地は流れ込みにくい。だから型詰めの最後に、トンと型を調理台の上に落として隙間を埋める。

「これも、〔一〇センチの高さから一度落とす〕って、数字で指定されてる」

オーブンに入れたあとは扉を開けることはない。ユイは使った道具を洗ったりしていたが、ミチカは落ち着きなく、時々扉の窓から中を覗き込んでいた。焼き時間の三分の二くらいになると、表面に焼き色がついてきて、ワクワクした。

焼き上がりに近くなると、オーブンからよい香りが立ってきて、さらに気持ちと舌をざわつかせる。

「オーケー」

焼き上がったケーキの中央に竹串を刺して、ユイが満足そうにほほ笑む。串に生っぽい生地は付いていない。彼女がキッチンミトンを両手にはめると、レシピどおりケーキ型を再び一〇センチの高さから調理台にトンと落とした。

「こうやって中の水蒸気を一気に抜くの。焼き縮みを抑えるためにね」

ユイが切ったバターケーキを皿に載せてくれる。フォークを使うのももどかしく、ひと口運ぶ。

「おいしい！」

言葉が弾け出た。

「どう、あんたが感じたかすかな重たい歯ざわりって、ある？」

ユイが真剣な顔で訊いてくる。ふた口目を食べたミチカは急いで首を振った。

「まったくない。周りはさっくり、中はどこまでもふんわりしてて、歯ざわり、舌ざわりともにグッド」

その感想に、彼女が、ふうと安堵のため息をつく。

「ミチカが言うんなら確かだね。あたしは、どうやらレシピを再現できたみたい」

「ありがと」

礼を言いながら、ユイが自分の味覚を認めてくれていることが嬉しかった。そして、亀安の言葉を思い出す。「料理道具を商ってるんだ。味覚がすぐれてるのは、おまえにとってなによりの強みになるはずだ」

――料理道具、あたしの強み。

タクミ屋の今後にかかわるある考えが、衝撃のようにミチカを貫く。そして、しばらく動けずにいた。

「ねえミチカ、それなら、朝比奈さんが焼いたケーキに感じた重さって、なんだろうね？」

ユイの声に、もの思いにふけっていた自分ははっとしてしまう。

すると今度は彼女が、「いやー、凝《こ》った凝った」と言いながら、ゆっくりと首を回し始めた。

「悪いね、仕事でお疲れのとこ」

首を回すユイを見ているうちに、朝比奈の仕事場で目にしたあるものが浮かぶ。それは、彼が手で押したサンドバッグだった。サンドバッグはゆっくりと揺れていた。

「ねえユイ、お願い！　もう一度ケーキつくってくれる？」

「えぇーっ」

彼女がうんざりしたような声を出す。

「お願い。このとおり」

ミチカは拝むようなしぐさをし、直角に頭を下げていた。

腰に両手を当て、こちらを眺めていたユイは、ミチカがなにかつかんだと察したらしい。

「もう、仕方ないヤツだな」

ユイが二個目のケーキの準備に入る。

先ほどと同様に切ったバターを、砂糖、溶き卵と、泡立て器で混ぜる。混ぜる時間は、レシピに〔十分間〕とあった。泡立て器の柄を握るユイの手を、ミチカも上から握った。

「え？」

不思議そうな顔をしている彼女に向けて頷くと、力を合わせて一緒に混ぜ始めた。

「朝比奈さんに、またバターケーキを焼いていただきたいんです」

ミチカの提案に、朝比奈が戸惑った表情を見せた。

「ご尽力には本当に感謝しています。しかし、また悠真のがっかりする顔を見たくないんです」

そう言葉をもらし、目を逸らす。

「あれから、持ち帰ったレシピを研究してみたんです。彼女、ユイと一緒に」

ミチカは隣にいるユイを見やる。金曜日の午後だった。野々村サンプルの定休日は、タクミ屋と同じ金曜日だ。それで、彼女も一緒に朝比奈の家に来てもらった。

てんぐ橋道具街は、日曜日が七割方の店の定休日だ。一般客の来店が多い野々村サンプルは、日曜に店を開ける。タクミ屋は、飲食店の繁忙日で道具の買い付けに時間が割きづらい金曜を定休日に充てていた。

「研究とおっしゃると、妻のレシピになにか変更を加えたとか？」

朝比奈の顔つきが、今度は怪訝なものに変わる。

「――であれば申し訳ない。私はあくまで、妻が遺してくれたレシピを尊重したいんです」

彼はこの件でだいぶまいっているらしい。何度も試しているのにうまくいかず、いらいらが募っているようだ。あるいは、妻を失った無力感を、こうしたところに感じているのか……。

朝比奈を安心させたくて、ミチカは穏やかな笑みを見せる。

「いいえ。ユイの協力のもとに、奥さまのレシピを忠実に再現しました。ユイは料理人であり、食品サンプルの職人でもあります」

朝比奈がミチカに目を向け、そのあとでユイを見る。

「では、妻のレシピのまま、ミチカさんが感じた、ええと……歯ざわりの重みですか、それを解決することができると？」

「そのためには」

とミチカは手に提げていたタクミ屋のレジ袋から、用意してきたものを取り出す。

「こちらを使っていただきたいんです」

手にしていたのは、泡立て器だった。

「あら、とってもおいしいわ」まず、感想を口にしたのは、朝比奈の母だった。「確かに、この間あなたがこしらえたのより、口当たりが軽くなってる」

「ほんとかい、母さん？」

　エプロンをしたままの朝比奈が、疑心暗鬼《ぎしんあんき》の表情で訊く。彼は、自分のケーキにまだ手をつけていなかった。

「ええ。このケーキを食べたからそう感じるんだけど、前のは芯のほうにちょっとだけど硬さがあった気がする」

　応接ソファに並んで座っているユイとミチカも、朝比奈が焼いたケーキを試食した。そして、目を見交わしそっと頷き合う。そのあとで、朝比奈の母の足もとでフローリングの床にじかに座っている悠真に目をやった。

　悠真はローテーブルの上にある皿に覆いかぶさるようにして、切り分けられたバターケーキをせっせと口に運んでいる。朝比奈も、彼の母も、一心に悠真を見つめていた。とうとう一度もフォークを置くことなく、悠真は父のつくったケーキを平らげてしまった。

「ごちそうさまでした」

　食べ終えてから、礼儀正しく彼が言った。そして、くりっとした目をさらに見開き、

「ママのケーキだ！」と明るい声を上げる。

「これ、ママのケーキ！」

　満面の笑みで繰り返していた。

息子の姿を食い入るように見つめていた朝比奈が、「そうか、ママのケーキか……」虚脱したように呟く。そして、ミチカに視線を向けた。

「どういうことでしょうか?」

ミチカは説明を始める。

「朝比奈さん、力持ちですよね」

そう言って立ち上がり、リビングの窓辺にある彼の事務用デスクのほうに向かう。そして、天井から吊るされたサンドバッグの横に並んだ。

「空手の有段者だそうですし、トレーニングも続けていらっしゃる」

「はあ、まあ……」

朝比奈は意味が分からない、といった感じに返事する。

「ゴムベラを使って、ボウルに沿わせるように生地をすくっては返すのを百回行う後半の作業。あれは、仕上がりに影響するので、デリケートな手の動きが要求されます。腕力の差はあまり出ないかもしれません。ところが、バター、砂糖、溶き卵を、泡立て器で十分間混ぜ合わせる作業には、奥さまと朝比奈さんの腕力差が現れます」

向かい合ったソファをコの字で結ぶように置かれたひとり掛けの椅子で、朝比奈がはっとしていた。

「奥さまのレシピは緻密で丁寧です。すべてが数値化されているだけでなく、あちこ

ち に細かなアドバイスが書かれています。泡立て器で十分間混ぜ合わせ続けるのは、女性にとってきつい工程でした。だから、作業する人のことを思いやって、奥さまは〔腕が疲れても、休まず頑張って〕と記しています」

朝比奈の目が、ふと和《なご》んだようだ。それはまた、潤んでいるようでもあった。

「けれど、腕力のある朝比奈さんは疲れを知らなかった。この工程が、ケーキ生地の芯にできた重さの理由です。生地の粘り気が強すぎたんですね」

タクミ屋で行ったケーキづくりでも、それは実証された。朝比奈家と同じ、線が十五本の泡立て器で、ユイとミチカふたりが力を合わせてバター、砂糖、溶き卵を十分間混ぜた生地は、やはり芯にかすかな重さがあった。

「そうだったのか」

ため息のようにもらした朝比奈を、再び疑問が襲ったらしい。

「では、なぜ、今日はうまい具合にいったのでしょう？」

「それは、使った泡立て器の、線の本数の違いです」

ミチカはきっぱりと応える。

「金属アレルギーの悠真くんのために、朝比奈家では泡立て器はシリコン製を使っています」

悠真は床に座ったまま、大人たちの会話には無関心にカップのミルクを飲んでいる。

なおもミチカは話を続けた。

「奥さまが使っていらした泡立て器の線の数は十五本。これだと、生地との間に抵抗ができ、ホイップ効果が生まれます。一方、今日お持ちした泡立て器は、同じシリコン製でも、線の数は八本――」

朝比奈の母親が悠真の隣から立ち上がり、リビングの奥のドアを押して向こうに消えた。そしてキッチンから調理が済んで洗ってあった泡立て器を持ってくると、テーブルの上に置く。線の数は八本だった。

「線の数が少ないと、生地をしっかりと捕らえられずに流れます」

朝比奈が感心したように、「そうやって、力の調整を図ったというわけですね」と呟いた。

それまで黙っていたユイが口を開く。

「ミチカは、奥さまが遺したレシピを尊重したかったんです。朝比奈さんと悠真くんのことを思い、奥さまが病床で一心に綴ったレシピの内容どおりケーキをつくれるように考えました」

彼女の言葉を聞いた朝比奈が、深々と首《こうべ》を垂れた。

「ありがとう、ミチカさん。本当にありがとう」

そして、テーブルの上の泡立て器を手にする。

「これはぜひ購入させてください」

「シリコン製の泡立て器は線のバリエーションがあまりないし、生産数が少ないんです。お高くなりますが、よろしいですか？」

ミチカは尋ねる。

「もちろんですよ」

すかさず応えたあとで、「妻も喜んでくれることでしょう」しみじみと言っていた。

「悠真、道具屋のおねえさんのおかげで、ママのケーキになったんだぞ」

悠真がミルクのカップを置いて、こちらを見る。

「ありがとう」

ちょこんと頭を下げた。ふたりでにっと笑みを交わす。ケーキの歯ざわりのわずかな違いを察知したキミは大したもの。悠真くんは永遠にママの味を忘れることがないんだね。

朝比奈の住むマンションを出て、ユイと並んで吾妻橋を渡る。初夏の隅田川がきらめいていた。それが眩しくて、目を細めてしまう。川を渡る風が、ショートヘアに心地いい。けれど、自分の表情は沈んでいるだろう。

「どうしたのミチカ？　朝比奈さんに喜んでもらえたのに、晴れやかって顔じゃないね」

「うん……」

このあと自分は、定休日でも店の事務所で帳簿とにらめっこしているはずの母に、ある宣告をしようとしていた。

「ねえユイ、うち、ほんとに厳しいんだ。だから――」

彼女がはっとして、ミチカの顔を見る。

「それって、あんた、まさか……」


「いやよ、そんなこと！　絶対いや!!」

陽子が絶叫した。

「落ち着いて、お母さん。でも、そう決断しなければならない状況にきてるの、タクミ屋は」

ミチカは必死に説得する。

「匠の家の人たちが代々つくり上げてきたんだよ、今の店は！　あんたのおばあちゃんや、もっと上のおじいちゃんやおばあちゃんがつくってきた店なんだから！」

そこで陽子が、こちらをきっと睨みつけた。

「ミチカ！　あんた、よくそんなことが言えたもんだね!!」

分かっているのだ、母にも。もう店が存続できないところまできていることが。けれど、悔しいのだ。だから、大声で訴えている。

ミチカも必死で押し切るしかない。

「クマさんには、あたしが話すから」

熊ヶ谷は店の前で威勢よく手を打ち鳴らしていた。その隣で、陽子も元気に呼び声を上げている。あれほど抵抗した母だったが、いったん肚《はら》を括《くく》れば表情はさっぱりとして明るかった。

ミチカも大きな声で、「いらっしゃい、いらっしゃい！　さあ、どうぞ！」道行く人々に来店を促す。

タクミ屋は在庫一掃セールに踏み切った。大勢の客たちが訪れる一方で、てんぐ橋の人々の目はどこか憐れむようだ。

「やあ、ミチカさん」

朝比奈だった。悠真も一緒にきている。

「ドーグヤのおねえちゃん、こんにちは」

道具屋か――。

「悠真くん、いらっしゃい」

ミチカは笑みを投げかける。

「セールやってるんですね」

と朝比奈。

「ええ、どうぞ覗いていってください」

「これも該当品ですか？」

彼が、壁にかかっている牛の頭蓋骨のオブジェを指さす。焼き肉店の装飾用だ。

「はい、もちろん」

仕事場に飾るのだと言って、朝比奈は嬉々としてそれを持ち帰った。サンドバッグのある部屋に、もしかしたら似合うかもしれない……かな？

朝比奈を見送るため外に出たら、野々村サンプルの工房にいるユイと視線が絡む。

彼女が頷き、ミチカは薄っすらと笑みを返した。

「とうとうタクミ屋、店を畳《たた》むんだな」

気の毒そうに声をかけてきたのは、バイクでやってきた白衣姿の亀安である。

「違います」

ミチカはしっかりと言葉を返した。

「大将がいつか言ってたみたいに、代々の老舗というタクミ屋の形をいったんぶち壊すことにしたんです」

「ぶち壊すって、おい……」

亀安は困ったような顔をしている。

〔一、商いはおもてなしの心〕――創業以来の精神は変わらないから、そう説き伏せて陽子を納得させたのだった。そして、このセールで得た資金を新たな仕入れに使う。また赤字を増やしてしまうことにはなるが、収益はこれから徐々に上げていけばいい。


翌週、タクミ屋は新装オープンの日を迎えていた。

シャッターを閉ざした店内で、「はい、お互いに身だしなみを確認し合いましょ」

ミチカは声をかける。

熊ヶ谷も陽子も照れたように顔を見交わした。三人とも、青いストライプのシャツに濃紺の蝶ネクタイをしている。シャツの上に青いエプロンを着けていた。エプロンの胸には〔タクミ屋〕と白抜きでネームが入っている。これが新しいユニフォームだった。もっとも、熊ヶ谷は相変わらず両袖に黒いアームカバーをしていたが。爽《さわ》やかにお客さまをお迎えしたいという、おもてなしの心を表すユニフォームである。

陽子が、「それにしても驚いたよ」つくづくといった様子で語る。

「あんたが、タクミ屋の業態を変えるって言い出した時には」

「驚いたっていうよか、嘆き悲しんでた」

ミチカの言葉に、どうやらその時の気分が蘇ったらしい陽子が、再び悲痛な面持ちになった。

「そりゃあそうさ。お客さまの〝あれが欲しい〟〝これを置いてくれないか〟っていう声を聴いて、これまで代々の人たちが取り扱ってきた品々だもの。言ってみれば真《ま》心《ごころ》の結晶だわさ。それをよしちゃうなんて」

「だからこそ、扱う商品が多岐にわたりすぎてた。そのくせ、欲しい物は手に入らない。うちは何屋だか分からなくなっていたの」

するとと、熊ヶ谷が大きく頷いた。

「アタシャ、料理道具専門店にしたいっていうミチカさんの考えには諸手《もろて》を挙げて賛成しました。脇から眺めてて、ミチカさんはとっても丁寧な商いをなさる。なによりそこを信じて、ついていきたいと思いました」

「ありがとう、クマさん」

店内は品揃えがガラリと変わっている。大中小のバット。大中小の寸胴鍋。大中小の圧力鍋。大中小の土鍋《どなべ》。大中小のパエリヤ鍋。中華鍋も、両方に取っ手の付いた四川鍋だけでなく、片手持ちの北京《ペキン》鍋も大きさ違いが揃っている。材質の異なるフライパン。親子丼用の鍋も大きさと深さの違うものを網羅《もうら》。まな板コーナーは大きさはもちろん、木製、プラスチック製など素材別に取り揃えた。ほかにもキッチンバサミコーナー、砥石・シャープナーコーナー、トングコーナーと、カテゴリー別に八千アイテムを陳列している。行平鍋は一八センチしかない、などということはない。あらゆるサイズを揃えている。泡立て器もそうだ。もちろんシリコン製も含む。フライパンだけでも二百種類ある。さまざまな料理道具——なにしろ左利き専用コーナーもつくった——が揃う代わりに、暖簾や提灯、店内表示のプレートなどは姿を消した。

飲食店用品店から料理道具専門店に生まれ変わる。そのイメージが、あの日、ユイの横でバターケーキをひと口食べたあと、衝撃のように浮かんだ。いや、やはり以前にタクミ屋の二階で数種類のおろし金を使って大根おろしをつくってから、ミチカの頭のどこかにあった考えだったのだ。

飲食店用品の中でも、熊ヶ谷は特に料理道具に造詣が深い。「あることをきっかけに料理道具に興味を持つようになったんです。興味を持てば、自然と勉強するようになる。そしたら、知識も増えます」そう言っていた。ところで、クマさんが料理道具に興味を持つきっかけになった〝あること〟ってなんだろう？　それはまた今度訊いてみることにして、陽子社長が担当する大口の取引先も厨房用品が中心だ。そのほかの飲食店用品を卸していた相手は、辞めていった社員らが持っていってしまったわけだが、この際、整理がついたようなものだった。あたしも自分の一番の強みである味覚で力になれそうだと感じたから、料理道具屋にドメイン変更することを提案したのだった。

料理道具の仕入れは、てんぐ橋道具街で〝問屋の問屋〟の異名を取る大洞堂に相談した。ミチカの申し出を聞いた大洞堂は、陰気な顔をにたっと歪《ゆが》め、協力してくれた。

「クマさん、準備は？」

ミチカが呼びかけると、「へい」熊ヶ谷が返事する。

「社長もいい？」

「あいよ」

陽子が応える。

「じゃ、開店します！」

ミチカは新生タクミ屋のシャッターを押し上げた。

第三章　キュウリサンドイッチ

1

「しょうがおろし器のいいのあるか？」

　と亀安がいつものようにぶっきら棒に訊いてくる。

「いいしょうがおろし器なら、うちでたくさん扱ってます。問題は用途がなにかなんです、大将」

　ミチカはすかさず応じた。

「なあミチカ、用途って、しょうがおろし器だぞ。なにに使うかっていったら、しょうがをおろすために決まってるじゃねえか」

ミチカは、おろし器のコーナーに向かってどんどん歩を進めていった。亀安は不思議そうな顔で、あとからついてくる。

さまざまなおろし器が並ぶ棚の前に行き着くとミチカは立ち止まり、「用途とは使い道のことです」くるりと振り返った。

亀安の顔に、さらに「？」マークが並ぶ。

店内は客で賑わっていた。タクミ屋が料理道具専門店にリニューアルして二ヵ月、客足は引きも切らない。

「どうなさいました、大将？」

熊ヶ谷が声をかけてくる。またミチカがうまく注文に応えられなくて、亀安を立腹させてしまったに違いないと慌てて加勢しにきてくれたのだ。青いストライプのシャツに濃紺の蝶ネクタイ、そして青いエプロンという新しいタクミ屋のユニフォームが、すっかりさまになってきた熊ヶ谷に向けて、ミチカは「大丈夫です」と目配せする。

平年より十日ほど早く梅雨明けした七月の今、ミチカのストライプシャツはショートスリーブの夏仕様である。もっとも熊ヶ谷のほうは、相変わらず長袖シャツの両袖にアームカバーを着けているのだが。

「ちょっと、すみません」とほかの客から呼ばれ、「へい」と熊ヶ谷がそちらに向かう。

ミチカは改めて亀安のほうを見た。

「以前、大将に、大根おろしに使うおろし金をご購入いただきました」

「そうだったな」

「しょうがは大根に比べて繊維質が強いので、おろすとヒゲが出やすいです」

亀安が「そんなこたあ分かってるよ」といった顔をする。

ミチカは棚から、手のひら大の羽子板形をした昔ながらのおろし器を取り上げる。

ただしそれは、大根おろしの実験をした金属製ではなく、小さなつぶつぶの突起が並んだ薄緑色の陶器だ。

「しょうがおろし器といえば、このようにとげの目がたくさん付いた陶器製が一般的です。これですと、目があまりとがっていないので、おろすというよりも潰していく感じになります。試食してみると、繊維質のヒゲはしっかり残っていて、口の中で存在感があります」

「〝試食してみると〟って、店で扱ってる道具をあれこれ試してるようだが、どれくらい使ってみたんだ？」

「しょうがおろし器については全部です」

「ぜ、全部……」

「しょうがおろし器以外も、タクミ屋に置いてある八千アイテムについては全部使ってみようと、現在進行中です」

飲食店用品店から料理道具専門店に一新してからも、タクミ屋の二階の厨房はそのままである。そこはすっかり、ミチカにとってのテストキッチンになっていた。熊ヶ谷のように長年経験を積んでいれば、商品を見れば性質や機能が理解できるはずだ。だが、自分はそうはいかない。商品説明はメーカーの営業から聞いたり、カタログに書いてあることで分かる。しかし、やはり実際に使ってみて、味わうことで得られる情報は絶対だ。

「どんな道具も、自分で使ってみないと分かりませんので」

亀安が呆れたような、感心したような表情になる。

「潰していく感じの陶器製しょうがおろし器では、水気たっぷりのおろししょうががができます。冷ややっこなどに添える場合には、そうしたある程度繊維質を感じるもののほうが合っていると思います」

「確かにそうだな」

ミチカは頷いて、今度は、同じく羽子板形のしょうがおろし器だが、ごく小振りのものを手にする。

「陶器製だと適度な空気が含まれたおろししょうががができますし、小さなおろし器なら、そのまま薬味皿になるので食卓で使うのにも最適です」

そう付け足した。

「うちでよ、昼にしょうが焼き定食を出してるんだ」

いつの間にか亀安は、すっかり相談する口調になっていた。浅草観音裏で営む小料理屋は、夜は長年の常連客が中心だが、昼間は客層が変わる。近隣の店や会社で働く人々、観光客らに向けてランチを供しているのだ。

「昼定食でうちの味や店の雰囲気を知ってもらってよ、夜にも足を運んでもらおうって寸法だ」

口調は荒っぽいが、亀安の飾り気のない店はどこもかしこもぴかぴかに磨き立てられている。小上がりの畳は塵《ちり》ひとつない。料理の味は格別だ。おまけに、亀安がこんなふうである分、奥さんの早千恵が明るく気さく。つまりは、なにかにつけバランスのとれたよい店なのだ。

「うちのしょうが焼きはよ、しょうがを大量におろしてつくるんだ。しょうがは、口当たりのざらざら感や渋みをなくすために、皮を剝く。ただし、しょうがの爽やかな香りや風味は皮のすぐ下の部分に多く含まれてるからな。皮は包丁の背《みね》でこそげる。それから、おろすのよ」

「では」

とミチカは目を輝かせる。

「こちらはいかがでしょう」

ミチカが選んだのは黒い取っ手の先に金属の四角い幅広のおろし金が付いたものだった。

「これ、ドイツの大工道具メーカーがつくったおろし金です」

「ドイツかよ、それも大工道具メーカーねえ」

と亀安が疑わしげな顔をする。

「あら、大工道具から生まれたキッチン用品のエピソードってあるんですよ。オレンジの皮をおろしていたカナダの主婦が、果実がぐちゃぐちゃになった腹立ちまぎれに、倉庫にあった木工用ヤスリを使ったところ、その切れ味に感動してキッチン向け商品化へのきっかけになった、とか」

「ふーん」

「ね、見てください」

ミチカは金属製のおろし金の部分を示す。

「西洋式のおろし金の特徴は、細かい刃《ブレード》がついていることなんです。これなら、繊維を切りながら細かくすりおろすことができます」

亀安が合点がいったという表情で、大きく頷く。

「しょうが焼きっていいながら、客が食いたいのは豚肉だ。だがな、俺はあくまでしょうが焼きの主役は、その名のとおりしょうがだと思ってる。だから、大量に使うんだ。しかし、そのしょうがもなるべく繊維質を感じさせず、細かくすりおろしたほうが肉との絡みもいい。このしょうがおろし器なら、それができそうだ。陰の、そして真の主役を最高に引き立たせるしょうが焼きがな」

ミチカも頷き返した。

「おろし部分の幅が広くて長いので、大量にしょうがをおろせますよ」

「おおよ。タクミ屋に来れば、間違いなくいい料理道具が手に入るな」

ついこの間まで「おまえんちは何屋だ？」と言われていた亀安に褒められ、ミチカは感無量だった。

「ちょっとミチカ、こちらの方のお話を聞いて差し上げて」

大満足でバイクに乗って帰っていく亀安を見送ると、今度は陽子が声をかけてきた。

「わたしなんかよか、あんたのほうがお役に立てそうだから」

母の隣にいるのは、オシャレ無精ひげのアラサー男性と、同年代の女性で、ふたりは夫婦のようだった。

「ミチカっていって、わたしの娘。今の話、もう一度してみてくださいな」

そう言って陽子はその場を去る。男性がミチカのほうに向き直った。

「家でつくったサンドイッチをカットしようとすると、具がはみ出してしまったり、パンがきれいに切れていなかったりして、うまくいかないんです」

もの静かな口調だった。

「〝家でつくった〟ということは、飲食店の方ではないんですね？」

「ええ。僕は、国際通りを脇に入ったところでハンドメイドの家具屋をやってます」

つくばエクスプレスの駅が開業してから、新たに商業施設ができて賑やかさを増したあたりだろう、とミチカは推察した。若い観光客が多く集まる地域だ。彼も、家具というインテリアを扱うだけあって、顔を覆ったひげもむさ苦しくはなく、生成りの麻シャツをぐすっと着こなしていた。

その彼が、「あ、プロでなくても買い物ができるんですよね、こちらは？」と慌てて訊いてくる。

「ええ、もちろん。一般の方向けに小売りもやってます」

料理道具に特化してからは、飲食店業者以外の来店がぐっと増えた。今は、三分の一以上が一般ユーザーである。料理好き、道具好きの一般客が、専門店でしか手に入らないものを求めて足を運ぶようになったのだ。ミチカが立ち上げたタクミ屋のWebサイトを見てやってきたという客も多い。

「確かにサンドイッチは、断面のきれいさが命ですよね」とミチカは同意してから、「カットするのに、なにを使っていますか？」と訊く。

するとと男性が、応えを促すように隣の妻らしき女性を見やった。

「包丁です。普通の」

小声で彼女が応える。ああそうなんだ、とミチカは思った。サンドイッチをつくるのは奥さんのほうなんだ。てっきり、彼だとばかり思っていた。ものをつくる仕事をしているから、料理もすると勝手に連想してしまったのだ。サンドイッチの断面にこだわる、いかにも凝《こ》り性《しょう》な感じに見える男性だったし。

「では、パン切りナイフを使うといいですね」

ミチカはふたりを刃物コーナーに案内する。刃物といっても、てんぐ橋道具街には包丁専門店があるのでタクミ屋では数多くは扱わない。そうやって棲《す》み分けをはかっている。タクミ屋に置いていないものは、扱っているほかの店を紹介する。

「包丁とパン切りナイフはどこが違うのか――刃の長さと形状が違います」

パン切りナイフを一丁取り上げる。家庭用の文化包丁に比べてかなり細長い。

「パン切りナイフは、刺身を切るのに使う柳刃包丁とほぼ同じ二四センチ。これはワンストロークでパンを切れるようにするためです」

ふたりが頷いていた。

「次に刃の形状ですが、アゴから切《き》っ先《さき》まで波状になっています」

柄の近くにある角ばったアゴの部分から、刃の先端までがギザギザになっているのだ。ふたりはそれを一心に見入っていた。

「この刃のとがっているところにパン生地を引っ掛け、手前に引くように切ると、スパッと、美しい断面で切れるんです」

「なるほど」

と、うっとりしたような声をもらしたのは男性のほうだった。

「お好みのサンドイッチは、食パンなどのソフト系ですか？　それなら、刃の波がゆるやかなタイプが合います。フランスパンなどのハード系ですと、刃のギザギザがとがっているものが最適です」

食パンのサンドイッチを好む彼らは、波刃のゆるやかなパン切りナイフを購入していった。

「今の方たちも一般のお客さまですよね」

店の外でふたりを見送っているミチカの隣に、熊ヶ谷がやってきて言う。

「ええ」

「これまでと変わらず、ＢtoＢの商いをしているつもりが、ＢtoＢ＋ＢtoＣになった。そんなところでしょうか」

彼は、飲食店業者を相手にしていたところが、プロも一般客も両方がやってくるようになったことを言っているのだ。

「これもミチカさんのおかげですね」

「そんな」

「いやいや、ミチカさんは、この街を救った大天狗のお使いのようなものです」

熊ヶ谷の言葉に戸惑う。

「大天狗……ですか？」

「あれ、ミチカさんは、天狗橋の由来をご存じない？」

彼が意外そうな顔をした。

「店の前のこの通りが、その昔、掘割だったのは知ってらっしゃいますか？」

「ええ、川だったらしいというのは聞いたことがあります」

「いや」と、熊ヶ谷が笑って首を振る。「川ではなく堀。地面を掘ってつくった水路です」

「人工の水路という意味ですか？」

「へい」

熊ヶ谷が語るところによるとこうだ。江戸時代の終わり、この辺りは階級の低い侍や足軽たちが住む長屋だった。その一軒に、吉兵衛《きちべえ》という浪人が女房の春《はる》、息子の小《こ》吉《きち》と三人で住んでいた。

吉兵衛は団扇《うちわ》をつくるのが上手で、長屋の住人らはこぞって彼からそれを習い、内職で生産するようになっていた。夏には、八百八町《はっぴゃくやちょう》のあちこちから注文が入り、それに応えるため、冬場も作業しなければならないほどだったが、住人のすべてが潤った。

一方で、長屋のある土地は水はけが悪いため、たびたび洪水に苦しんでいた。住人たちを救おうと、吉兵衛は掘割工事に乗りだした。工事には住人らも参加したが、思うようにはかどらない。

それを助けたのが、高尾山《たかお》のカラス天狗たちだった。

「八王子にある高尾山は、いにしえより天狗信仰の霊山。赤い顔に高い鼻、背に翼があり、手には鳥の羽根でできた団扇を握った山伏《やまぶし》姿の大天狗さまは、衆生救済《しゅじょうきゅうさい》の神通力を持つとされています」

熊ヶ谷が真面目な顔で言う。

「その配下が、鳥のくちばしのような口をした小天狗――カラス天狗なのです。そして、吉兵衛の正体はカラス天狗だったんですな」

大天狗の命令で江戸市中《しちゅう》の見回りにきたカラス天狗のひとりが、町娘の春に恋をし、浪人吉兵衛に姿を変えた。やがてふたりは結ばれ、小吉をなした。

人々のために働こうとする吉兵衛を助けようと、高尾山の大天狗はカラス天狗たちを遣《つか》わした。そして、夜な夜な工事を行い、見事に掘割を完成させた。

掘割ができたおかげで、長屋のみならず付近の商売は大いに繁盛した。そして掘割に架けられた橋を、人々は感謝を込め天狗橋と呼んだ。

「その橋が架かっていたのが、今のこの交差点というわけです」

ミチカは、信号機に付いている〔天狗橋Tengubashi〕という交差点名標識を仰ぎ、道路を挟んで向こうにあるポケットパークを見やった。そこには羽団扇《はうちわ》を構えている金色の大きな天狗と、それを囲んで舞い飛んでいる小型の金色のカラス天狗たちの像が立っている。

「天羽寺はご存じですね？」

「あ、天狗寺ですよね」

そう言ったら、熊ヶ谷が頷いた。

「天羽寺の境内には、吉兵衛を祀《まつ》った天狗堂があります」


ユイとミチカは、午後六時を過ぎた天狗寺の境内を歩いていた。

熊ヶ谷に聞いた話を、「ねえ、知ってた？」と野々村サンプルの工房にいるユイに投げかけたら、「それって、天狗堂のこと？　それとも天狗橋のいわれについて？」と問い返された。クレオパトラカットの彼女は、いつにも増してしたり顔である。そんなことも知らなかったの？　と上から見下ろしてくる。それで、さぞやお詳しいはずのユイに、仕事が終わってからガイドを頼んだわけだ。

道具街からほど近い寺の境内は、セミの声がこの時間になっても賑やかだった。

「これが天狗堂」

と藪《やぶ》の中にある六角形の赤い建物を彼女が示す。観音扉は閉ざされていた。屋根や柱など、あちこちに羽団扇の紋が刻まれている。

「そっかー、このお堂があるから、街の人はみんな天狗寺って呼ぶんだね」

なにを今さらそんなこと言ってんの、といった表情でユイがこちらを見る。

「ミチカはさ、地域密着型じゃないから知らないんだよ。テーゲー大に入ってからは外で暮らしてたでしょ？ 上野なら、家からだって通えたはずじゃない」

「今は充分に地域密着だよ」と拗《す》ねて言い返す。「ね、それで、お堂の中には、なにがあるわけ？」

「このお堂の扉が開かれることはないけど、中には一体のカラス天狗の木像が安置されてるんだって」

「なあんだ」

とミチカが言うと、再びユイが見下したような目を向けてくる。

「もしかして、あんた、吉兵衛さんが実在しないと思った？」

「だって、中に祀られてるのは木像なんでしょ？」

「それなら――」

と彼女が天狗堂の脇に回り込む。

「これが吉兵衛さんのお墓」

「ええ!?」

思わず声を上げてしまう。隣に大きな仏塔《ぶっとう》が立っていた。方形、円形、三角形、半月形、宝珠《ほうしゅ》形にかたどられた石が積み上げられている。五輪塔《ごりんとう》だった。それぞれ、地、水、火、風、空を表す。大学時代、石像美術の講義で聴いたことがある。

「てことは……」

この下にはカラス天狗が瞑《ねむ》っている!? その時、一陣の風が吹き過ぎた。六角堂の屋根の軒に下がっている金色の鐘形《かねがた》の鈴が揺れ、カランカランとうら寂しい音を立てる。暑気で汗ばんでいた腕に、ぞわりと鳥肌が立った。長く感じていた夏の日は、いつの間にか陰っていた。

隣でユイが静かに説く。

「当時、水はけの悪い土地で掘割をつくるのは難工事だった。それを先頭に立って成功させた吉兵衛さんを、カラス天狗の化身にたとえて英雄視したんだろうね」

ミチカが戸惑って目をやると、ユイがこちらを見返す。

「あのさ、ミチカ。重要なのは、天狗が実在するかどうかじゃなくて、そうした伝説がこの街を支える活力になってるってことだと思う。今でも天狗橋は、てんぐ橋道具街ってブランド名になって、この街を日本中だけじゃなく世界にまで知らしめてくれてるわけだからさ」

うつむいてミチカは小さく首を横に振った。

「ユイがそうやって一本筋の通った考え方してるのに、あたし、恥ずかしくなっちゃうな」

するとユイがほほ笑む。

「ほら、あたしさ、焼き魚に敷く笹とか、牛の生肉に添える松の葉のサンプルつくるのに、よく天狗寺に生の葉を分けてもらいにきてるでしょ。自然と和尚《おしょう》さんと話すようになったんだ」

「ふうん」とミチカは言ってから、はっと気づき、「牛の生肉なんて、そんな食品サンプルもつくるの？」と訊いていた。

「うん。すき焼き用の生肉ね。あ、そうそう、霜降り肉のサシを入れるのにも、松の葉がちょうどいいんだ」

食品サンプルの制作はシリコンによる型取りから始まる。すき焼き用の生肉なら、本物の牛の生肉から型を取る。ユイが言っているのは、シリコンの型に、松の葉先でちょんちょんと網目をつけていくという意味だろう。どこまでもリアルを追求しようとする作業の細かさに、いつもながら驚かされる。まったくユイには水をあけられる思いがするばかりだ。

「せいぜいあたしもクマさんの話を聞いて、この街のこと学ぼっと」

そう言ったら、ユイがふとなにか思い出したようだ。

「クマさんていえば、金曜日にかなえ食堂によく来てくれるんだ」

タクミ屋の定休日は金曜日。観光客の来店が多い野々村サンプルも日曜に店をあけるため、定休日は同じく金曜だ。ユイは勤めが休みの日には、実家のかなえ食堂を手伝うが、そこに熊ヶ谷がやってくるらしい。

「昼間に来て、何品か頼んでビールを一本、お酒を一合飲んで帰るんだけど、店に来る前に、もうどこかで飲んできた感じなの」

「へえ」

少し意外な気がした。ふだんの熊ヶ谷からは、ちょっと想像がつかない姿だった。

「そりゃあ仕事が休みなんだし、昼間にお酒を飲むのが悪いわけじゃないけど。でも、毎週そんななんだよね」

どうしたものだろうか？　いや、どうすることでもないだろう。休みの日の過ごし方について、熊ヶ谷にあれこれ口出しすべきではないはずだから。

2

昼ごはんを亀安で食べようと、ミチカは国際通りを渡った。先日購入してもらったしょうがおろし器の使い勝手を訊くのと、亀安のしょうが焼きを味わうのを兼ねていた。ほんとのところ、上に載ったしょうが焼きの熱でしんなりしたキャベツのせん切りこそが、あのひと皿の魅力だとミチカは思っている。

昔ながらの呉服屋や履物屋に交じって、カジュアル雑貨の店が建ち並んでいる。若い観光客が目立つ一帯だ。ここを抜けて観音裏の亀安を目指す。歩いているミチカの目に〔旅する家具の店〕という看板が映った。もしかしたら……と入ってみると、

「あら」店にいた女性の表情がやわらいだ。

「タクミ屋さん。確かミチカさんておっしゃいましたね」

夫婦で来店し、パン切りナイフを買ってくれた女性である。どうやら、あの時、陽子が紹介したのを覚えていてくれたらしい。

「先日はありがとうございました。偶然お店の前を通りかかって」

とお辞儀したら、「あなた」と奥に夫を呼びに行く。「タクミ屋のミチカさんよ」

ミチカは店内を見回した。テーブル、ベンチ、椅子、棚、ハンガーラックなど、並

んでいるのはすべて木製家具で、いずれもシンプルで素朴なデザインだ。だが、温もりと味わいがある。

「やあ、どうも」

と現れた夫のほうは、汗染みのできたデニム地の作業キャップを被っていた。

「独特の風合いのある家具ですね」

思わずそう感想を伝えたら、彼の無精ひげに覆われた顔に爽やかな笑みが浮かぶ。

「うちの家具は、廃材を利用してるんです。インド洋の島々で、かつてはカヌーとして、あるいは線路の枕木、古民家の建材として使用されていました。さまざまな道を歩んできた廃材は、家具として新たな役割を果たすために生まれ変わったというわけです」

「なるほど、それで〝旅する家具の店〟なんですね」

「ええ」

と再びほほ笑んだあとで、「申し遅れました、青山《あおやま》です」と名乗る。そして、「見ていきませんか？」と奥の作業場へと案内してくれた。

土間に大小の木材と工具が置かれていた。

「廃材はすべて船で輸入します」

「〝旅する〟ですね」

「僕の人生も旅みたいなものだったかもしれません」

と青山。彼は東京の多摩地域の豊かな自然の中で育ったそうだ。理学部情報科学科に通う大学時代のこと、突如、木でなにか物をつくることに目覚めたという。

「じゃ、大学は理系だったんですね。意外」

ミチカが感想をもらすと、青山が照れたように首の後ろに手を置く。

「もともと職人に憧れていたんです。なにも考えずに没頭できるのが、性に合っているようです」

実家から八王子のキャンパスまで一時間ほどで通うことができた。授業がない日など、ホームセンターで木材を買ってきたり、川の岸辺に流れ着いた木切れを使ったりして、ペンケースやフォトフレームを彫刻刀で彫ってつくるようになった。それを友人にプレゼントすると喜ばれた。そのうちに、今度は自室を改造し始める。市内を流れるふたつの渓流の合流地点が近く、材料の木片を集めるにはこと欠かない。棚やオーディオラックなどをつくった。壁を塗り直し、単管パイプを吊るしてジーンズを掛ける。部屋の印象はみるみる変わっていく。時々レイアウトを変えたりもした。

「そんな息子をご両親は？」

と訊いたら、「特になにも言いませんでしたよ。反対もしなければ、応援もしてくれませんでした」と笑う。とにかくこれが、現在の青山の仕事の元になったといえるはずだ。

大学卒業後は、昼間は設計事務所で働きながら、夜間は建築の専門学校に通う。この生活を二年間送った。設計事務所では図面を引くことを学んだ。この頃、つくりたい家具のスケッチをし、図面化したりしてストックした。

その後、千駄ヶ谷のアジアンリゾート家具店の社員になった。いつかは独立して、自分の目指す家具をつくりたいという前提があって、修業を兼ねての就職だった。

「大学の卒業旅行でバリ島に行ったんです。すっかりバリの自然と家具が大好きになってしまって」

勤めた店がスタートしたばかりだったことが幸いし、現地にバイヤーとして派遣される。一ヵ月の間、バリやジャワ島を回って家具の買い付けをした。やがて、自分がデザインした家具を現地の職人につくってもらい、千駄ヶ谷の店で販売するようにもなった。

七年間勤めた店を辞めたのは、もちろん、自分の家具をつくりたかったからだ。しかし、本当に目指す自分の家具とはなんなのか……それを見つけるために三年間、バリ島で暮らした。日本から家具の買い付けに来るバイヤーのアテンドをする。希望を受けて青山が設計し現地の職人がつくることもあったが、そうやって生み出す家具は、バリ風、アジアン風という制約の中でデザインしなければならない。

なにより彼の心にはわだかまりがあった。それは、バリの森が目に見えて減っていくことだった。過剰な森林伐採に加えて、違法伐採も行われているのだ。それなら、家具をつくるということはどうだ？　木を切ることではないのか？　その二律背反が、自分の家具を見つけられなくさせていた。

迷いを胸に歩いていた時だ。浜辺近くで、廃屋の横を通りかかった。日没直後だった。インド洋に沈んだ太陽からもれるほのかな光が、長年風雨にさらされた木の壁を柔らかく包んでいた。マジックアワー。その瞬間、彼は廃材で家具をつくることを思いつく。すると、心の中の霧は一気に晴れた。「これで、木を切らずに家具がつくれる！」

思い立つとすぐに走り出した。試作品を幾つもつくる。日本に家具を輸送する際には、二〇フィートのコンテナが一単位であった。ざっと三十人を収容できる飲食店一軒分の家具をつくらなければならないのだ。

「こうしてようやく開店にこぎつけた訳なんですが……まだあんまり売れてません。ていうか、ぜんぜん」

「少しずつですよ」

ミチカはそう元気づけながら、汗染みのあるキャップも無精ひげも、サマになっているのは、この人が自分の好きなことを自然体で追求しているからなんだな、と思う。

「妻の愛美《まなみ》と結婚の約束をしてから僕がバリ島に行き、三年間待たせてしまって……」

そこに当の彼女が、大きなプレート皿を持って現れた。

「サンドイッチつくってみたんです。ミチカさんも食べていっていただけますか？」

「そんな」

するど青山が言う。

「どうぞ、ミチカさん。パン切りナイフの切れ味を確かめていってください」

と勧めてくる。そこには、もちろん興味があった。

「では、少し図々しいですけど、いただきます」

プレート上のサンドイッチは長方形だったり、正方形だったり、三角形だったりと切り方がいろいろで、工夫が凝らされている。盛りつけも美しい。挟まれた具材はキュウリのみだった。ミチカは三角形のサンドイッチをつまんで切り口を見る。きれいな、切り立った断面をしていた。

ふたりに笑みを向け、頷く。青山が頷き返し、愛美はほっとしたような表情を浮かべていた。

ひと口齧る。薄切りにしたキュウリを、バターを塗った食パンで挟んだだけのオーソドックスなキュウリサンドイッチだった。

「いかがです？」

と訊いてきたのは青山である。

「おいしいです」

ミチカは応えた。

昼休みを終えて店に戻った。結局、ランチを青山夫妻にご馳走になってしまったことになる。キュウリサンドイッチと紅茶。

ミチカと入れ替わりに出ていこうとする熊ヶ谷に、悪いとは思ったけれど声をかける。せっかく昼ごはんを食べにいこうとしているところなのに……。

「クマさん」

「へい」

「ヘンなこと訊きますが、クマさんはお休みの日って、どう過ごされてるんですか？」

天狗寺でユイに聞いた話を本人に確かめてみたくなったのだ。

最初は戸惑ったような顔をしていた熊ヶ谷だったが、「休みの日は、掃除や洗濯をします」と応える。

さっすがクマさん、マメだ。

「それが終わると、なにもすることがないので、ビールや日本酒を飲んでしまいます」

さっぱりとした口調で熊ヶ谷がそう続けたので、ミチカはさらに訊くのをためらってしまう。

「飲むって、もしかしたら午前中から？」

昼にかなえ食堂に来る時にはすでに酔っているというのだから、そういうことだろう。

「ええ」またしてもあっさりと返事する。「なにもすることがないので、つい」

「どれくらい飲むんですか？」

と尋ねてみた。

「齢《とし》とともに飲む量が減ってますから、ある程度飲めば眠ってしまいます。しばらくして、目が覚めると夕方です。すると、今度は晩酌をして、休みの日は終わってしまう」

「ダメよ、そんなのは」

と横から口を挟んできたのは陽子だった。

「することがないっていうけど、本でも読んだら？」

「お言葉ですが陽子社長、読書は面倒です。映画もしかり」

「しかりってクマさん……」

陽子は次の言葉が出てこない。熊ヶ谷の頑《かたく》なさが、ミチカにも意外だった。気を取り直した陽子が、「なら、運動は？　ウオーキングなんてどう？」そうは言ってみたが、読書や映画が面倒だというのにウオーキングなんてするはずないか、と自分で思い直したようだ。熊ヶ谷も気のない顔で黙ったままでいる。

それでも諦めない陽子は、「奥さんはなにも言わないの？」と別の角度から攻略しようとする。

「カミさんは優しく頼りがいがありますが、お互いを尊重し、よけいな干渉はしません。それに、向こうも働いていて、金曜は仕事で家にいませんよ」

陽子もついに口をつぐんでしまう。

「お酒だけが変わらない趣味っていうんですかね。朝から飲むのは身体に悪いっていうのは知ってます。しかし、やることがなく、気がついたらビールの缶を手にしています」

その口振りは、どこか寂しげでもあった。

「ただぼうっと宙を眺め、空いた時間をやり過ごすっていうのは、もう飽きてしまったんですよ。だから酒でも口にしていないと……」

熊ヶ谷は店を出ていった。

翌日の午後、愛美がタクミ屋を訪ねてきた。

「昨日はありがとうございました」

と丁寧にお辞儀する彼女に向けて、「いいえ。こちらこそ、ごちそうさまでした」

ミチカは慌てて頭を下げる。

「ごちそうさま――そうですよね」

「え？」

思わず愛美の顔を見てしまう。

「夫が、わたしの料理に〝いただきます〟も〝ごちそうさま〟も言わないのが、腹立たしくって」

「あの青山さんが……」

礼儀正しい人だし、たとえ身内に対してだって、そういうことをないがしろにする印象ではなかった。

「たまに〝いただきます〟と言っても、ため息交じりです。食べ終わって食器をキッチンに持ってくるのはいいんですが、なにも言いません。お昼は作業場でとりますが、特にそんな感じです」

ミチカは旅する家具の店を訪ねた時のことを思い出していた。青山は無言のままキュウリサンドイッチを食べていた。確かに〝いただきます〟も〝ごちそうさま〟も言わなかった。

「仕事に集中しているんじゃないでしょうか？　だから、食事中も心ここにあらずなのでは？」

想像したことを口にしてみた。

「わたしの料理のレパートリーが少ないのが、気に入らないんです。キュウリサンドイッチが好きだし、お店の収益が上がるまで、倹約しようって」

「では、毎日お昼はキュウリサンドイッチ？」

愛美が頷く。

「もしかしたら、青山さんは、食べることにあまり関心がないとか？」

「関心が強いとは思いません」

ははあ、とミチカは考える。

「食べることに関心がなければ、食にまつわる儀礼や作法にも関心が薄いのかもしれませんね」

「でも、キュウリサンドイッチにはうるさいんですよ。包丁で切った断面がきれいじゃないからナイフを買いにいこう、って言い出したのも彼ですから」

「うーん」

ミチカは考え込んでしまう。

「わたしがつくったキュウリサンドイッチを〝おいしい〟と言ったこともありません。要するに、わたしのつくった料理が下手でまずいから言わないんです」

「愛美さん……」

「料理に自信が持てないなりに、わたしは結婚してから休みなく、夫のために料理してきました。でも〝ありがとう〟のひと言もありません」

　愛美がうつむく。

「最近では、食事のことを考えると頭が痛いです。不満が爆発しそうで、別れて暮らしたいって考えることもあります」


　金曜でタクミ屋の定休日だった。ミチカは熊ヶ谷の自宅に向かっている。今は昼の十二時をちょっと回ったところで、熊ヶ谷はまだ家にいるはずだ。ユイに聞いた話だと、かなえ食堂に顔を出すのはいつも一時過ぎだという。ゆっくりお酒を飲むつもりだから、本人としては混雑時間を外す配慮をしているのだ。そのあたり、少しばかり酔ってはいてもクマさんらしいな、とミチカは思う。

　休日に、熊ヶ谷がお酒を飲むのが一概に悪いとはいえない。普段から深酒をしているわけではないようだし、昼に飲みたいこともあるはずだ。ミチカだって、お陽さまの下で味わうビールをおいしく感じる。

だけど、手持ち無沙汰だったり、寂しさが募ってお酒に手を出すのならよくない。若い自分が、人生の先輩である熊ヶ谷に伝える助言など見つからないでいた。けれど、せめて話を聞きたいと思った。ずっとタクミ屋のために働いてくれている人のために、それくらいしたい。かなえ食堂に行くというのなら、一緒に出掛けたっていい。

上野方面に向かう浅草通りは仏壇や神仏具の専門店が多く、仏壇通りとの通称がある。東京の盂蘭盆《うらぼん》は七月。店先には盆提灯が出ている。熊ヶ谷の自宅は、仏壇通りを一本脇に入った、下町らしい庭のない低層住宅が並ぶ中の一軒だ。ミチカはその二階家の前に立つと、ドアホンを押した。場所は知っていたが、彼の家を訪ねるのは初めてである。

「へい」

という熊ヶ谷の声がした。

「ミチカです」

と言ったら、「えっ、ミチカさん!? ちょ、ちょっと待ってください！」と慌てた様子で応え、間もなくドアが内側から開く。

「どうしたんですか、いったい？　まあ、お入りください」

予想外に熊ヶ谷は、アルコールを口にしている感じではなかった。案内されたリビングとひと続きのキッチンで料理をしていた。

「いやあ〜」

と照れたような表情をする。

「陽子社長とミチカさんに意見していただいて、なんか自分も酒以外に趣味を持ったほうがいいんじゃないかと思い直しましてね」

彼は、Tシャツの上にエプロンをしていた。

「そうだったんですか」

ミチカのほうはほっとしたような、拍子抜けしたような、である。ううん、そんなことない。よかったに決まっている。

キッチンテーブルには、料理が入ったポリプロピレン製の密閉容器が幾つか並んでいた。鶏手羽先の煮物、豚大根、サバと夏野菜の炒め物などなど。

「おいしそうですね」

「味見してみますか?」

皿に幾品か取ってくれる。

「うーん」

ミチカは唸った。豚大根はみそ味で、サバと夏野菜の炒め物はピリ辛風味である。

「意外でした、クマさんがお料理だなんて。上手だし、品数もたくさん」

「久し振りなんですよ、つくるの。若い時にはずいぶんこしらえたもんですが」

笑ったあとで、しんみりした顔になる。

「休みの日にすることがなくて酒を飲む、なんて言いましたが、本当は違うんです」そこで少し口をつぐんでから、言いにくそうな顔をして、「うちは家族の心がばらばらなんです。それから目を逸らすために酒を飲むんです」と打ち明けた。

「家族が一緒にメシを食うなんていっさいない。みんなそれぞれが、買ってきたものを勝手に食べてる」

熊ヶ谷家は妻と長女、長男の四人。妻は経理職の会社員だが、帰宅時間が遅い。大学生の長男も、アルバイトなどで帰宅時間は一定でない。そんな家族をひとつに束ねていたのは大学生の長女だった。みんなの時間をあれこれ調整して、一緒に食事をする機会を設けようとしていた。ところが、彼女は卒業後、記者として新聞社に入社し、地方局に配属された。

「クマさんのお嬢さん、新聞記者になったんですか!? カッケー!」

「カ……え?」

「すごいですね」

「いやあ〜」

と再び照れてから、話を続ける。

「この間申しましたように、カミさんは優しく頼り甲斐があるのは事実です。しかし、この頼り甲斐というのは、もっぱら収入面においてです。アタシよりも稼ぎがいいので」

「すみません、お給料が安くて」

ミチカが謝ると、熊ヶ谷が「しまった！」といった表情になる。だが、すぐにまた話し出す。どうやら胸に溜まっているものがあるようだ。

「カミさんは子育てしながら通信で資格を取って、子育てが一段落すると今の職を見つけてきて、ずっと働いてます。〝カミさんとはお互いを尊重し、よけいな干渉はしない〟とこの間は言いました。しかし本当のところは、よけいな干渉をしないのではなくお互いに無関心なんです。長男の直人《なおと》もそれを知っています。アタシャ、本当は家族と食卓で談笑したいが、どうしたらいいか分からんのです」

ミチカが小さかった頃、タクミ屋の店員総出でキャンプに出掛け、バーベキューをした。そこには、まだ幼かった熊ヶ谷の娘や息子の姿もあった。彼の妻の姿も。当時、社長は朋絵で、タクミ屋は店員も含め皆が家族同然だった。だが時の流れとともに、店員たちとの関係も変化した。それだけでなくミチカの両親も離婚し、家族が崩壊した。

ミチカがこうして熊ヶ谷の家を訪ねたのは、かつてタクミ屋にあった〝家族同然〟という関係に対する郷愁かもしれない。あるいは店員の中でただひとり残ってくれた熊ヶ谷については、いまだに家族であってほしいという願い。そんな思いをも込めて言ってみる。

「家族団らんを願うなら、今度はクマさんがお嬢さんの役割をしないと。家族関係を築く、なんて大上段に構える必要はありません。食事は〝おいしいね〟とお互いに笑い合うきっかけをくれます」

「しかし……」

「今も言いましたが、いきなり大上段に構える必要はないんです。〝さあ、一緒に食事しよう〟ではなくて、段階を踏んではいかがでしょう？」

そこで、ミチカは卓上の密閉容器を見る。

「これ、どれもつくり置きできるおかずですよね」

「ええ、こんなのしかできないんです。なんとなくこしらえてみたんですが」

利用しない手はないではないか。

「これ、冷蔵庫に入れておきましょ。で、扉に〝つくり置きのおかず有り〟みたいなメモを貼っておくんです」

「食べてくれるでしょうか？」

「何事も一歩一歩ですから」

その時だった、玄関のほうで音がした。誰か帰ってきたようだ。

「直人かもしれない」

と呟く熊ヶ谷に、すぐさまミチカはここに呼ぶよう目配せする。それでも、躊躇している彼に、「一歩一歩ですから」低いけれど、鋭いひと言をぶつけた。

仕方なさそうに熊ヶ谷はリビングを通り抜け、廊下のほうに出ていく。ミチカもそっとあとについていき、リビングのドア口で様子を窺うことにした。

熊ヶ谷は、玄関脇にある階段の下に立ち、二階に向かって声をかける。

「おーい、ちょっと下りてこないか」

二階からの反応がないと、振り返ってこちらに顔を向けた。ミチカは厳しい表情で「もう一度」というふうに顎をしゃくる。それで、熊ヶ谷は再び上に声かけする。

「お客さんがいるんだ、下りてきて挨拶しなさい」

自分がダシにされたが、当然それでいい。階段を下りてくる足音がして、急いでキッチンのほうに引き返す。

熊ヶ谷のあとからやってきた息子は、父に似ておらず長身のイケメン君だった。白いポロシャツを着ている。綿のアンクルパンツから覗いたくるぶしがきゃしゃで繊細な印象だった。

「この方は、タクミ屋の六代目社長になるミチカさんだ」

「そんな社長なんて……」と言おうとしたら、「父がいつもお世話になっております」と彼が丁寧にお辞儀する。

なんだ、きちんと挨拶できるんだ、と思いながら、ミチカのほうも慌てて、「こちらこそ、クマさ……いえ、お父さまには大変お世話になっております」と頭を下げた。

直人がちらりとキッチンテーブル上に並んだ密閉容器のおかず類に目をやる。それに気づいた熊ヶ谷が、「これな、俺がつくったんだ。どうだ、少し味見してみないか？」と、おずおずとながら提案した。

「え、親父、料理なんてするんだ？」

ひどく意外そうな表情をしている。それはそうだろう、ミチカにとっても意外だったから。

「若い頃にな、やたらと料理しまくったことがあるんだ」

息子の登場に緊張していた熊ヶ谷の顔が、ほんの少し緩む。

「ほら、俺、ボクシングしてたろ」

またもや意外なことを口にした。

「ええええ！」

直人もミチカもそろって声を上げた。そして、薄くなった頭髪を一九分けし、遠近両用メガネをかけた熊ヶ谷の顔をまじまじと見てしまう。続いて、店にいる時と違ってアームカバーをしていない半袖から覗いた腕に目をやると、なるほど、思いのほかたくましいのだ。

「なんだ、おまえには話したことなかったか」

と直人の顔を見たあとで、熊ヶ谷がこちらに顔を向けた。

「ミチカさんも、ご存じありませんでした？」

うろたえて頷く。

「ああ、そうか」

と熊ヶ谷が頭をかいた。

「あの時、中学の制服を着ていた女の子は、ミチカさんじゃなくて陽子社長なのか。そうだよな、もうずいぶん昔のことなんだものな」

ひとり納得してから、「熊ヶ谷なんて名前ですが、アタシャ、出身は埼玉県ではなく群馬です。もっとも、夏場暑いのが有名な埼玉のあそこは〝ヶ〟なしの熊谷《くまがや》市ですが」とぽつりぽつり話し始めた。息子向けの〝俺〟ではなくて、ミチカにも聞かせるため〝アタシ〟を使っている。

中学で野球をしていた熊ヶ谷は、高校進学とともに硬式野球部に入部した。強豪校ではなかったが、熊ヶ谷が三年の時に夏の甲子園の地方大会決勝まで進んでいる。この戦いで、二対一の最終回ツーアウト、一塁走者だった熊ヶ谷は、味方の安打で同点を狙って一気にホームまで走った。頭から滑り込んだがアウト。甲子園への夢は消えた。

卒業後は、親戚の紹介でてんぐ橋道具街のタクミ屋に就職するため上京。真面目に働いていたが、ずっとスポーツをしてきたのに、なにもしていないことに物足りなさを感じるようになる。野球は団体競技だったから、今度は個人のスポーツをするのもいいだろう。それなら格闘技だ。キックボクシングやボクシングは子どもの頃からテレビ観戦していた。

「そうした、ほんとに軽い気持ちだったんですよ」

熊ヶ谷は上野のボクシングジムに入会した。もしも近くにあったのが空手道場だったら、そちらを選んだかもしれない。その程度の動機だった。目的はなまった身体を鍛え直すことだ。

トレーニングはきつかった。ゴングとともに壁一面の鏡に向かってシャドーボクシングを六ラウンド。縄跳び五ラウンド。リング上で寸止めで対戦するマスボクシングから、ヘッドギアを付けて打ち合うスパーリングへ。やがて、勧められてプロテストを受け、合格。階級は、バンタムである。

デビュー戦は不安や恐怖よりも減量が厳しかった。六〇キロある体重を五三・五キロまで絞らなければならない。食欲は消えるが、水分への欲求は激しくなる一方だ。タクミ屋の仕事を終えると、ジムまでは走って通った。その道々にある自販機に並ぶ飲料の銘柄、公園の水飲み場や民家の前にある洗車用の蛇口が頭から離れない。この時期、人が笑っているのを見ても腹が立った。いよいよ試合当日。後楽園《こうらくえん》ホールのリングに立つと、一ラウンド目で自分のパンチが当たって相手が倒れそうになった。一気に攻勢に出ようとした時だ、目の前にグローブが大きく見えた。次にはリングの床面が迫っていた。開始から二分三十秒、汗もかくことなく敗れた。

「負けた実感さえなかったですね」

ファイトマネー三万六千円。ジムに諸経費一万円を払った。往復の交通費は自腹である。

二戦目は判定負けした。センスがないとも思ったが、なにより減量がつらいのだ。なまった身体を鍛えるのなら、朝でも晩でもいいから走れば済むことだ。熊ヶ谷はボクシングをやめた。その代わりというか、減量の反動でうまいものがうんと食いたくなった。だが、カネがない。自分でつくるしかなかった。それで、休みの日にはつくり置きのおかずをたくさんこしらえた。

「この時なんですよ、鍋とかフライパンとか道具によって、こんなに料理の出来映えって違うものなんだって実感したのは。以来、興味を持つようになりました」

それこそが熊ヶ谷の〝あること〟だったのだ。――「あることをきっかけに料理道具に興味を持つようになったんです。興味を持てば、自然と勉強するようになる。そしたら、知識も増えます」

そこまで話して熊ヶ谷が照れ臭そうに笑った。

「もっとも、カミさんと一緒になってからは、料理することも走ることもなくなってしまったんですがね」

自分の父親の意外な過去に、興味深げに聞き入っていた直人が、「ボクシングどころか、野球をしてたことだって知らなかった」と呟く。

「俺も、おまえのことを知らん。話をしてこなかったものな、俺たちは」

熊ヶ谷が、つくった料理を皿に取ってやる。直人は無言のまま、けれどしっかりとした箸の運びで食べていた。

ミチカはふたりを交互に見ていた。なにかが生まれた気配《けはい》を感じながら。


駒形橋《こまがたばし》の近くにある大陸浪人《たいりくろうにん》は人気のラーメン店である。昼時は行列ができるので、店が空《す》く一時半頃に、ユイとミチカは休み時間を合わせてやってきた。

「お好きなお席にどうぞ」

と店の年配の女性に声をかけられるが、好きな席などはっきり言って見当たらない。赤い丸椅子のカウンター席と、椅子が囲んだ机がふたつ。それもすでにまばらに埋まっていた。基本的に相席で、ただ食事するためのストロングタイプの店である。店の前の通りからも見えるガラス張りの麺打ち所では、職人が手延べ麺を打っていた。バシーン！　バシーン！　麺を打ちつける激しい音が、空腹に響き渡る。カコーン！カコーン！　中華鍋と鉄のおたまによる炒め物の音がセッションを奏でていた。

ふたり並べる席をなんとか見つけて座る。

「クマさんのお酒には、そんな事情があったんだね」

恐ろしく落ち着かない状況下でも、ユイはいつもと変わらずクールな口調だ。

「ところで」と彼女が訊いてくる。「あんたが前に言ってた旅する家具の店のご夫妻はどうなの？　〝いただきます〟〝ごちそうさま〟を言わない青山さんの件は？」

「それがね……」

タクミ屋を訪ねてきた愛美に話を聞いて以来、気にはなっていたが熊ヶ谷のこともあってそのままになってしまっていた。

「ミチカは食べたんでしょ、愛美さんのキュウリサンドイッチ」

「うん」

「で、いかがなもの？」

「どういう意味？」

「おいしいかってこと」

「ああ、普通においしい」

い。

「フッーってなによ？」

旅する家具の店で味わった時、「おいしいです」とミチカは応えた。それに嘘はない。

「あたしさ」とミチカは言ってみる。「大学の一般教養で、民俗学を履修したんだ。日本には、民俗学者の柳田國男《やなぎたくにお》が言った〝ハレ〟と〝ケ〟という生活習慣の概念があるんだって」

「〝ハレ〟と〝ケ〟？」

ミチカは頷く。

「神さまに祈ったり感謝したりするお祭りなんかの特別な食事が〝ハレ〟。毎日の家庭料理は日常である〝ケ〟。だったら、毎日の食卓が華やかである必要はないんじゃないかって」

「それが、イコール普通においしければいいってことになるわけ？」

ミチカはもう一度頷く。

「いつの間にか多くの人が、毎日の家庭料理にも〝ハレ〟を求めすぎていないかって思うんだ。そうなると、つくるほうは大変。なにかに強制されたり義務感で料理したりするのはつらいよ。生きることそのものまでつらくなっちゃう」

ユイとミチカの前に冷やし中華が運ばれてきた。

「大陸浪人といえば、チャーシューつけ麺なんだけど、夏はこれよね」

ユイが浮き浮きした口調で箸を割る。ミチカも目の前のひと皿に没頭することにした。

手延べ麺に載っている具は錦糸卵《きんしたまご》、細切りのハム、細切りのキュウリと、ごくごくオーソドックスである。店内には相変わらず麺を打つバシーン！　中華鍋のカコーン！が響き渡っている。それをBGMに冷やし中華を味わっていたミチカは、あることに気づいた。

ユイが、「やっぱ麺なのよね、ここは」と感動したように述べる。「コシが強い強い」

それに対してミチカは、「確かに麺のコシの強さは魅力。でも、それだけじゃない」と自分の気づきを伝えた。

「今日はいったいなんなのでしょう？」

閉店後のタクミ屋の二階に案内された愛美は、戸惑った表情を隠しきれない。ミチカの背後に熊ヶ谷が立っていることも気になる様子だった。

「あの問題は解決しましたか？」

ミチカの質問に、「夫が〝いただきます〟〝ごちそうさま〟を言わないことですか？

でしたら、諦めました。だって、わたしがおいしいキュウリサンドイッチをつくれないんですから」と目を伏せる。

「あたしはおいしいと思いました。愛美さんのキュウリサンドイッチ」

彼女がほほ笑んだ。悲しげな笑顔だった。

「ミチカさんもお話をされているのでご存じかと思いますが、青山はすごくこだわりのある人ですよね。わたしのようにこだわりのない人間には、こだわりのないキュウリサンドイッチしかつくれないんです。だから青山を満足させられない」

「キュウリサンドイッチは、イギリスのアフタヌーンティーに欠かせない料理です」

イギリスの気候はキュウリの栽培に適しておらず、かつて新鮮なキュウリを使ったサンドイッチを客に振る舞うことはステータスの高さの表れだった。キュウリが安価な食材になった今もキュウリサンドイッチの伝統は脈々と受け継がれている。

「スライスしたキュウリをバターを塗ったパンで挟む。パンは薄ければ薄いほど上品だとされています。ごくシンプルなレシピであり、出来上がりを左右するのはバランスということになります。バターの量、パンの厚さ、スライスしたキュウリの厚さと量——愛美さんのキュウリサンドイッチは、このバランスがよかった。ですからおいしかった」

すると彼女が、「では、なぜ青山は——」と不満げな視線を送ってきた。

「さらに上を行こうとしたら、カットなんです」

「だから、タクミ屋さんでパン切りナイフを買ったんじゃありませんか！　それで、サンドイッチの断面の問題は解決できたはずじゃないんですか!?」

そこでミチカは、「お伝えしたもの、お持ちいただけましたか？」と、あくまで冷静に彼女に訊いた。

「え？　あ、はい」

挑むようだった愛美は、調子を狂わされたようだ。手提げ袋から手拭いにくるまれたものを出す。そして、調理台の上で広げた。中から出てきたのは文化包丁である。

「これが、普段使っている包丁です」

ミチカは頷く。

「カットの問題のひとつ、サンドイッチの断面はパン切りナイフによって解決しました。そして、もうひとつのカットの問題があります」

そこでミチカは、後ろに控えている熊ヶ谷に目を向けた。

「クマさん、お願いします」

「へい」

熊ヶ谷は愛美の包丁を取り上げると、親指の腹を刃に当てて、切れ味を確認していた。

「はは、こりゃあ、とんだ鈍《なま》らだ」

愛美が戸惑ったような表情になる。

「失礼いたしました。鈍らっていうのは、切れないってことです。刃こぼれもしてるな」

熊ヶ谷は夏の間もユニフォームを半袖にしていない。今日も、ストライプのシャツの両袖に黒いアームカバーをしていた。

「和食の料理人なら、刺身などの切り身を薄く切る柳刃、野菜用の薄刃、魚をさばくための出刃、それぞれの大小、と数えたら最低六本くらいの包丁を使い分けてます。日本料理にとって包丁は大事。侍の国だからでしょうか」

そこで熊ヶ谷がこちらを見やり、「時に、ミチカさん、出刃包丁って名前、なんでついたか知ってます?」と訊いてくる。

「さあ」

と首を傾げたら、「一説によると、この包丁をつくった大阪は堺《さかい》の職人が出っ歯だったからとか」こともあろうにそう言った。

「またあ」

と疑うミチカに対して、「古い歴史書にも記述があるそうです」と、まじめな顔で説く。そのあとではっとしたように、「いや失礼、話が横道にそれました。日本料理にとって包丁は大事という話がしたかったんでした。しかし、家庭では文化包丁が一本あれば事足ります。肉、魚、野菜の三つを扱えるのが文化包丁です。三徳包丁とか、万能包丁とも呼ばれる。もちろん、よく切れればの話ですがね」

熊ヶ谷が、調理台の上に砥石《といし》をふたつ用意していた。

「まず、目の粗い荒《あら》砥石で、刃こぼれを補正します」

愛美の包丁を研《と》ぎ始めた。彼は料理するだけでなく、道具屋らしく手入れも行う。

「次に目の細かい砥石で研いでいきます。砥石には三種類あります。さっき刃こぼれを直すのに使った荒砥石、それから中《なか》砥石、そして仕上《しあげ》砥石です。これから使うのが中砥石。家庭で使うなら、この中砥石ひとつで充分」

熊ヶ谷が、砥石に対して包丁を斜めに置いて構えた。

「真横にするとぶれやすいんでね。斜めにするといい」

包丁の柄を右手、背を向こう側にし、刃をぴったりと砥石にくっ付けていた。背と砥石の間はわずかに浮かせている。

「文化包丁は両刃なので、表と裏、両方を研ぐ必要があります。まずは表の刃から。包丁の背と砥石の間は、十円玉一枚分の厚さくらい浮かせる、なんてよく言われてますが、そうね、小指の先が一センチほど入るくらいが目安でしょう」

と自分の右の小指の先を、包丁と砥石の隙間に差し入れてみせる。

そうして、押す時に力を入れ、軽く引いて戻すを何度か繰り返した。

「今度は裏の刃を研ぎます」

彼が包丁をひっくり返すと、背を自分のほうに向け、今度は引く時に力を入れて砥石の上で何度か動かした。最後に親指の腹を刃線に当てて確認する。頷いて、「あなたも指で触れてみてください」と愛美に包丁を渡した。

彼女が怖々とした動作で真似すると、「指先に引っ掛かりがあります」と言う。

「そう、刃がざらっとしてるでしょう。包丁を研ぐというのは、簡単に言えば、のこぎりのように刃にぎざぎざをつけることなんです。指に引っ掛かるのは、刃がついたことを意味しています」

熊ヶ谷が、キュウリを一本差し出した。

「研いだ包丁で、こいつを切ってみてください」

不安げにこちらに目を向けた愛美に、ミチカは頷いてみせる。愛美もそっと頷き返した。

「じゃ、研ぎますよ」

彼女は熊ヶ谷が研ぎ上げた自分の包丁で、次々にキュウリを薄い輪切りにした。

「すごい！　よく切れます！　自分の包丁じゃないみたい」

熊ヶ谷がそんな様子を、笑みを浮かべつつ眺めていた。

ミチカが、「味見してみてください」と言うと、ひと切れつまんで口に運んだ愛美が目を見張っていた。

「ぱりっとして、歯ざわりがぜんぜん違う」

「包丁の刃が切れないと、キュウリの細胞を壊してしまうんです。それでは、押し潰しているのと同じ」

「潰している……キュウリを」

愛美がミチカの言葉を呆然《ぼうぜん》と復唱する。

今度は熊ヶ谷が笑みをたたえたまま彼女に言う。

「包丁で切ることが、実は料理で一番手間のかかることです。これが気持ちよくできたら、料理はかなり楽しくなります」

そして、優しく提案した。

「どうです、包丁の研ぎ方、一緒に練習しましょうか？」

「切れる包丁で、おいしいキュウリサンドイッチをつくったら、彼は〝ごちそうさま〟と言ってくれるでしょうか？」

ぼそりと呟く彼女に向けて、熊ヶ谷が応える。

「〝いただきます〟〝ごちそうさま〟っていうのは、挨拶ですよね。〝おはよう〟〝こんにちは〟というのとおんなじ挨拶だ。もし、それを言わないんなら、マナー違反ってわけです。ところが愛美さんは、自分のキュウリサンドイッチがおいしくないために、青山さんの〝ごちそうさま〟が出てこないと思っていなさるから、話はちょいとばかり複雑だ」

愛美もミチカも彼の話に黙って耳を傾けていた。

「そもそも青山さんは、愛美さんのキュウリサンドイッチを本当にまずいと思っているのか？　仕事に熱中して気もそぞろになってる、あるいは照れて感謝の言葉が出てこないとか？　ここはじっくり話し合うことが必要だと考えます。コミュニケーション不足のための誤解、早合点なんていうのもありますよ」

熊ヶ谷がこちらに目を向けて続ける。

「実はね、アタシも声をかけることの大切さを、ミチカさんから教わったばっかりでしてね」

愛美がしんみりと熊ヶ谷の話に耳を傾けていた。

ミチカは、自分の疑問を口にしてみる。

「〝ごちそうさま〟って、誰に向けて言っているんでしょう？　つくった人？　食材を買うおカネを稼いだ人？　それとも食べ物そのものに？」

「そういえば、そうですよねぇ」

と熊ヶ谷が腕を組み、不思議そうにしていた。愛美も途方に暮れている。そんな彼女をミチカは真っ直ぐに見つめる。

「いろんな感謝を込めて、愛美さんが食事のあとに〝ごちそうさま〟って言ってはどうでしょう？　青山さんも声を揃えるかもしれません」

愛美がミチカに向けて頷いた。そして、熊ヶ谷と相対する。

「包丁研ぎをぜひ習いたいです」

「へい」

熊ヶ谷が応えた。

決意を秘めた顔で彼女がさらに言う。

「こだわりのキュウリサンドイッチがつくりたいんです」

「愛美さんに必要なのは、こだわりではなく、自信だという気がします」とミチカは言葉をかけた。「クマさんが伝授する包丁研ぎが、自信につながってくれたらって思います」

「自信……確かに自信がないですね、わたし」

「失敗したくないという思いが強いようですが、必要以上においしいものをつくらなくてもいいのではないでしょうか」

「必要以上においしくなくていい──」

「ええ。普通においしければいいと思います。毎日のことなんですから、つくる人も食べる人も、無理しないのが一番だと思います」

「普通においしい、か」

ユイがそう言葉をもらす。

「そういう意味では、前にも言ったけど、愛美さんのキュウリサンドイッチは普通においしかったよ」

ミチカは野々村サンプルの工房におじゃましていた。ユイは、冷やし中華のサンプルを制作中だ。

中華麺は、筒状の押し出し機《エクストルーダ》の型に樹脂粘土を詰め、T字のハンドルで細い麺の形に押し出すのが一般的な方法らしい。しかしユイは、シート状の樹脂を麺切り包丁で切っていく方法を取る。

「このほうが、麺のエッジが立つんだよね。太麺、中細麺、平打ち麺も思いのまま。切った細麺にドライヤーを当てて、縮れ麺にしたりね」

と、にこりともせずに説く。

「ただし、麺の太さを均等にできるかどうかが勝負になるんだけど。ま、つくり手の腕の見せどころってとこ」

あえて困難な道を選ぶのがユイなのであった。

「普通よか、とってもおいしいほうが、やっぱよくない？」と彼女がつくづく言う。「だから、あんたも、大陸浪人の冷やし中華がとってもおいしいのはなぜかって考えたわけじゃん。そして、手延べ麺のコシの強い歯ごたえには、具の卵やハムにはない、しゃっきしゃきのキュウリの歯ざわりのよさが必要だって気づいた。〝麺をキュウリが支えるんじゃなくて、調和してる〟って言ってたよね。〝ハーモニー〟だって。それをヒントに、愛美さんのキュウリサンドイッチを普通レベルから、こだわりレベルへと引き上げようともした」

「まあね」

とミチカは返事するしかない。

さらにユイに訊かれる。

「で、青山さんは愛美さんに言ったの、〝ごちそうさま〟って？」

ミチカは頷いた。

「一緒に食事したあとにね、愛美さんが〝ごちそうさま〟って言ったら、つられたように彼も〝ごちそうさま〟って言ったんだって。それから愛美さん、自分の思いを伝えたみたい」

「そう」

珍しくユイがしんみりした横顔になり、なにか考えているようだった。ミチカは続ける。

「クマさんの、ふたりでしっかりコミュニケーションを取ったらっていうアドバイスが効いたのかもしれない」

その熊ヶ谷は休日、つくり置きおかずだけでなく、ばらばらに帰ってくる家族のため、時間が経ってもおいしいおかずづくりに取り組んでいるらしい。遅い時間に食事をする妻のため、栄養バランスがよく、後片付けが楽なようにワンプレートに盛り付けて洗い物を減らすメニューなんだとか。時には直人も手伝ってくれると嬉しそうに語っていた。

ユイが冷やし中華用のキュウリの準備に入る。冷やし中華に載ったキュウリは、上下が青くてきれいだ。通常の手順なら、細切りにしたキュウリの型を取って、樹脂を流し込み、できたキュウリの上下を青く着色する。しかし、どこまでも上を目指すユイは、まず一本のキュウリをつくる。

「みんなが想像する理想のおいしい瞬間を、切り取って再現する――それが食品サンプルだってあたしは思う」

ユイがそう言ってから、「さあ、行くよ」の声とともにサンプルのキュウリをまず斜めの薄切りにした。

「すごい……」

という言葉がミチカの口をついて出る。

斜めにスライスされたキュウリは、しっとりと瑞々しかった。彼女は、それをさらに並べ、縦にせん切りにして冷やし中華の具に仕立てた。

食品サンプルに取り組むのも、家業のかなえ食堂のためなんだよね？　そんなにも打ち込むのはなぜなのか、ユイに訊いてみたくなった。

第四章　おにぎり型

1

「野菜洗いが上手にできる道具ってありますか？」

日曜日の昼下がりのことだ。男性客にそんな質問をされ、ミチカは戸惑ってしまった。

「こちらは、料理道具専門店なんですよね？」

重ねてそう質問され、「はい、そうです」と、今度はきっぱり応えていた。そう、飲食店用品店などという曖昧なカテゴリーで、あれもこれも置いていた頃とはわけが違う。鍋、まな板、トングなど、コーナー別にあらゆる大きさと素材で八千アイテムを陳列し、料理道具ならなんでも揃う店と自負している。

「ボウルやざるなど野菜を洗うのに使う道具なら、もちろんあります。サラダスピナーのように、野菜の水切り器もありますよ」

とミチカは説明した。ボウルに入ったざる状のバスケットに野菜を入れ、ハンドルを回す。すると、バスケットがボウルの中でスピンして遠心力で水が切れるというのがサラダスピナーだ。

「その野菜の水切り器なら、うちにもあります」

と、四十代くらいの中背で細身の男性が言葉を返す。黒縁のメガネを掛けていた。

「しかし、僕が欲しいのはたんに野菜を洗う道具ではなく、あくまで野菜を上手に洗える道具なんですよ」

見たところ飲食店関係の人ではないようだ。セーターのVネックからチェックのボタンダウンシャツの襟を覗かせ、休日のサラリーマンといった感じである。

「どうしましたミチカさん？」

と熊ヶ谷がやってくる。青いストライプのシャツの両袖に、いつものように黒いアームカバーを付けている。熊ヶ谷はこのアームカバーをしたいがためなのか（？）、暑い夏の間も長袖シャツで通していた。

「あ、クマさん」

ミチカは動きやすいこともあって秋になってもシャツはショートスリーブのままだったが、十月も半ばに入った今はさすがに長袖を身に着けている。熊ヶ谷も自分も濃紺の蝶ネクタイをつけ、胸に〔タクミ屋〕と白抜きでネームの入ったエプロンをしていた。

「こちらのお客さまが、野菜洗いが上手にできる道具がないかとお尋ねになって」

ミチカが伝えると熊ヶ谷も困った顔になった。

「そういうものはないですね」

熊ヶ谷の応えに男性客が、「それは、タクミ屋さんでも置いていないという意味ですか？　あるいは、お宅には置いていないけれど、どこかよそのお店にならあるという意味でしょうか？」となおも訊いてくる。

「へい。アタシの知る限りでは、そうしたものはないという意味になります」

男性は肩を落としながらも、「さすが料理道具専門店だ。タクミ屋さんにないものは、存在しないということなんですね」と妙な褒め方をされた。

「野菜洗い用じゃないんですが、米研ぎ器ならありますよ」

とミチカは白いプラスチック製の器具を持ってくる。棒状の柄の先に指のような形のものが付いている。

「これから冬になると、お米を研ぐ作業はつらいですよね。特に朝なんて。それに、ネイルをしている女性にしてみれば、米研ぎは敬遠したい。そんな人のために開発されたのが、この米研ぎスティックです」

「あ、それ、もらいます」

すぐさま男性が反応した。

「僕、米研ぎもちゃんとできてないってダメ出しされてるんで」

ダメ出しって、誰にされてるんだろう？　とミチカは思う。

「その米研ぎスティックを買う代わりと言ってはなんですが、僕にきちんとした野菜の洗い方を教えてもらえませんでしょうか？」

男性が懇願してきた。しかし、料理が得意でないミチカにしてみればそうした指南ができるはずがない。困って熊ヶ谷に視線を向ける。熊ヶ谷は店が休みの日に料理をつくることがあるし、実践している中で知識があると踏んだのだ。

「しかし、えー、お客さま」

と熊ヶ谷が口を開く。

「あ、僕は園部《そのべ》といいます」

「では、園部さま」

「〝さま〟なんてよしてください。こちらは習う側なんですから」

「なら、園部さん、アタシも自分がきちんと野菜を洗っているのかどうかなど分からないんですよ。適当に済ませているものですから。果たして野菜のきちんとした洗い方とはどういうものなんでしょう？」

お手上げ状態といったところで、ミチカの目の端が店の前を通り過ぎるユイの姿を捉えた。で、ミチカはすぐさま外に飛び出す。

「ユイ！」

呼び止めると、アーケードの歩道を行く彼女が億劫そうに振り向いた。クレオパトラカットの下の顔は、早くも迷惑げな表情になっている。

「ねえユイ、助けてほしい」

ミチカは彼女のもとに歩み寄った。

「なに、また面倒事？」

「ちょっとだけだから」

ミチカはユイの腕を取って必死に食い下がる。

「あたし、サンマの塩焼きにあしらう笹の葉をもらいに、天狗寺に行くとこなの」

もちろんサンマの塩焼きとは、食品サンプルの焼き魚だ。笹の葉も、本物から型を取ってつくったものを添えるのだろう。しかし、ユイの腕をミチカは放さなかった。

「お願い」

と泣きつく。

ユイがため息をつき、渋々頷いた。それを見て、ミチカは彼女の腕から手を離す。ミチカのあとについて、ユイが仕方なさそうにタクミ屋に入ってきた。

「こちら、お客さまの園部さん」

とミチカはユイに紹介する。ユイは園部に向けてちょこんと頭を下げた。

「お願いっていうのは、野菜の洗い方についてなんだ」

ユイの横顔にそう告げる。

「料理人のあなたなら、正しい野菜の洗い方を園部さんに教えて差し上げられるんじゃないかって」

「ぜひよろしくお願いします」

今度は園部のほうが深々と頭を下げた。

「正しいって、そんなのあるかどうか分からないけど……」

とユイはどうしたものか少し考える様子でいたが、「たとえば、ホウレン草や小松菜みたく株で使う青菜は、根元を切らないままでボールに溜めた水に入れます」と説明を始める。

「それで、水道の蛇口から水を流しながら汚れている葉を取り除き、全体をざっと洗います。次に、茎を広げて、根元に残りがちな泥や土を洗い流します。あ、これもやはり蛇口の下で水を流しながら行います」

園部は黙ってじっと聞いている。熊ヶ谷もミチカも興味津々だ。

「あの、こんな感じでいいんでしょうか？」

ユイが訊くと、園部がはっとしたように、「あ、ありがとうございます。とても参考になります」と応える。「そう言葉にされると、自分はきちんとやってこなかったような気がしてきます。もっと大雑把《おおざっぱ》にしていたような」

「ユイ、ほかのも教えて」

とミチカは促す。

「そうね、ほかの葉もの野菜だと、レタスやキャベツは水に濡れると傷みやすいので、使う分だけ剝がして洗います」

「え、そんな意味があったんですか？」

と園部が口を開く。

「僕も、レタスやキャベツは使う分だけ洗ってましたけど、水に濡れると傷みやすいからそうしてるとは考えてもみなかったな」

確かに、だ。あまり料理なんてしないミチカだけれど、ハムサンドイッチくらいはつくる。レタスの葉を洗う時、使う分だけ洗う意味なんて、考えようともしなかった。

なおもユイが、「レタスやキャベツは、軟らかく嵩《かさ》があるので、ボールに溜めた水の中で一枚一枚を優しく洗います」と語る。

「なるほど」

園部が、鼻の上で黒縁メガネの位置を直した。

「ほんとにこんなんでいいんですか？」

とユイは自分の話していることに疑問を感じているようだ。

「ええ。ぜひ続きを」

園部に先を促され、ユイが口を開きかけた時だ、「あの、すみません」とほかの客から声がかかり、熊ヶ谷が、「へい」と名残惜しげにその場を去った。

ユイが改めて話し始める。

「あとゴボウなんかの根菜は、流水をあてながらタワシで擦《こす》って泥や土汚れを落とします。出荷時に洗われているゴボウも、調理前には再度さっと洗うといいですね。あ、食材専用のタワシを用意しておくと便利ですよ」

それを聞いた園部が、「タクミ屋さん、タワシをひとつ頂くことにします」とミチカに申し出る。

「はい、ありがとうございます！」

ミチカはすかさずよい返事をした。するとユイが、「あ、アルミホイルをくしゃっと丸めてしわをつけたものでも代用可ですよ」と言うのを、視線鋭く制する。

園部はユイの話にいちいち納得し、米研ぎスティックとタワシをひとつずつ買ってタクミ屋をあとにした。

「ありがとね、ユィ」

ミチカは礼を言ったが、「うん」とだけ素っ気なく言い、彼女はタクミ屋を出ていった。素っ気ないというよりも元気がなかった。

2

翌日、店を閉めようとしているところに女性客がひとりきた。

「すみません」

と声をかけられ、「あ、いいですよ」と、ミチカは閉めかけたシャッターを半開きのままにした。そして、「どうぞ」と、店内に招き入れる仕ぐさをする。

「あ、ごめんなさい」

彼女が謝った。

「買い物に来たんじゃないんです」

中腰になっていたミチカは、シャッターをくぐって再び外に出た。そして、改めて女性の姿を眺める。三十代半ばといったところか。スーツ姿でビジネストートを提げていた。どうやら会社帰りらしい。

「お礼を申し上げるためにきたんです。わたし、園部の妻です。園部香織《かおり》といいます」

「ああ」

「昨日は夫がタワシを一個買っただけで、大変お手を煩わせてしまったようで」

香織が頭を下げる。顔を上げると、髪をポニーテールにした彼女は堅い感じの美人だった。

「あ、米研ぎスティックもお買い上げいただきましたので」

とミチカは慌てて付け加えた。

「このたびは夫に正しい野菜の洗い方を教えていただき、ありがとうございます。適当なんですよ、あの人いつも洗い方が」

「それはユィが――あたしじゃなく、ほかにレクチャーしてくれた友人がいたんです」

そう言って、一車線道路に描かれた小さな横断歩道を挟んで隣に建つ食品サンプル店に顔を向ける。店の側面のガラス窓越しに、工房で作業するユイの姿が眺められるはずだった。だが、すでに五時半の閉店時刻が過ぎてシャッターが下りていた。

ミチカの視線の先を追ってシャッターの閉まった店を眺めていた香織が、「では、そのお友だちもお招きすることにしましょう」と口にした。

ぽかんとしているミチカに、彼女がほほ笑みかける。

「ほんのお礼に、夕食にご招待したいんです」

園部家は、都営浅草線の蔵前駅近くにあった。蔵前は玩具の問屋街だが、レトロモダンなカフェや革小物のクラフトショップなどが点在する。少子化の影響で廃業した玩具問屋の建物を、雑貨やアクセサリーのデザイナーが活動拠点として利用するようになったのだ。蔵前が、ボタンやファスナーといった部品を扱う問屋街でもあったからだ。おかげでこの街は、テレビなどで東京のブルックリンともてはやされるようになった。かつて工業地域で、今は芸術家やデザイナーが暮らすニューヨークのブルックリンになぞらえたのだ。おかげで若い女性の姿も見られるようになった。だが、こもてんぐ橋道具街と同様、陽が落ちるとひっそりしている。香織からタクミ屋の前で誘われた四日後の金曜、ミチカはユイと並んで、人けのない道を歩いていた。金曜はふたりとも店が休みだ。

「だけど、ヘンだと思わない？」

と歩きながらユイが言う。

「うん？」

「野菜の洗い方をレクチャーしたくらいで、夕食に招かれたってこと」

確かにそうなのだが、ミチカとしては近頃なんとなく沈んで見えるユイが気になっていた。なにか話すきっかけになるかもと、一緒に招待を受けることにしたのだった。蔵前なら、てんぐ橋道具街から歩いて十分ほど。問屋街の中にあるマンションというのは、母と住むミチカの家と一緒だった。けれど、園部宅のほうがずっと新しい。インターフォンもカメラ付きである。ミチカはカメラレンズに向かって名乗ると、オートロックを開錠してもらい、ユイとともにホールからエレベーターで四階に向かった。

エレベーターから出ると、廊下の先で黒縁メガネの園部が半身を覗かせ、人のよさそうな笑みを浮かべているのが見えた。

「やあ、どうも。こっちです」

声をかけて寄越す。

「こんばんは」

ミチカが挨拶を返し、隣でユイがぺこりと頭を下げる。そして、ふたりでそちらに向かった。

「ずいぶんと寂しい所に住んでるとお思いかもしれませんが、香織も僕も勤めが日本橋と大手町なのですごく便利なんです。三十分ほどで通えますから」

園部に迎えられ室内に入ると、香織はキッチンで料理していた。

「いらっしゃい」

フライパンから目を上げずに言う。真剣な横顔だった。

ユイとミチカは、案内されたダイニングテーブルに着いた。すると目の前に、「さあ、どうぞ」次々と、ハンバーグの載った皿が置かれ、最後に香織が自分の皿を持ってきて席に座る。彼女の顔に安堵したような笑みが浮かんでいた。調理中はあくまでそれに没頭し、夫が世話になったと感じた相手は自宅に招いて手料理でもてなす。生真面目で律儀な女性なのだろう——こうして食事に招かれたのはそういうことか？

園部が赤ワインをグラスにそそぎ、四人で乾杯する。

「先日はお世話になりました」

と園部。

「本日はお招きいただき、ありがとうございます」

とミチカ。

「あたしまで、お邪魔しちゃって」

遠慮がちにユイが発言するのを、「それはあたしのほうが言うこと」とミチカはフォローする。元気のないユイに対する配慮の意味もあった。

そのユイが、「おいしい！」と声を上げた。香織作のハンバーグへの賛辞だった。

ミチカも、ナイフで切ると肉汁《にくじゅう》があふれるハンバーグを口に運ぶ。

「ほんと、ふっくらジューシー！」

　ミチカは素直に感想を述べていた。

「蒸し焼きにしてふんわり仕上げるんですけど、なによりハンバーグだねの練り方にコツがあるんです」サラダを取り分けていた香織が、にこりともせずに言う。「挽き肉、玉ネギのみじん切り、パン粉など、ばらばらな材料を混ぜ合わせるため、手でにぎにぎするのが三十回。次に肉の粘りを出すため、ボウルの中でぐるぐる回すのが三十回」

「にぎにぎが三十回、ぐるぐるが三十回」

　語感が面白くて、ミチカはそう繰り返す。すると香織が言葉を続けた。その顔に、やはり笑みはなかった。

「ええ。にぎにぎ二十五回の、ぐるぐる三十五回ではダメなんです。各三十回ずつ」

　ミチカは不思議に感じた。こんなにおいしいハンバーグをつくれる人が、なぜ楽しそうに料理の話をしないのだろう？

　それでも、香織の横顔を隣で園部が満足げに眺めていた。

「うちの奥さんの料理、どれもレベルが高いんですよ。いつもお店みたいにおいしい」

「園部さん、お幸せですね」

　ユイが言ったら、「ええ」とさも当然のように頷いていた。

「園部さんもお料理をされるんですよね？」

　ミチカが訊く。

「共働きなので、僕も時々夕食をつくります。独身のひとり暮らしが長かったこともあって、手前みそになりますが、レパートリーもそれなりに豊富です。あ、僕ら、婚活パーティーで知り合って、去年結婚したんです」

「そんなことまで話さなくても」

　と隣で香織がたしなめる。

「いいじゃないか、今どき普通なんだし」

　園部が隣にいる妻に言い返してから、再びこちらに顔を向けた。

「結婚って不思議ですね。彼女こう見えてばりばりの理系で、僕は文系。まったく違う生き方、世界にいた者同士がこうやって暮らしているんですものね」彼がしみじみ述べる。「僕は料理することが好きなんです。ところが、彼女のダメ出しが厳しいんですよ。僕が野菜を洗っていると、〝充分洗えていない〟と香織がやり直します」

　楽しいはずのディナーの雲行きが、にわかに怪しくなってきた。

「それで、野菜がきちんと洗える道具がないか、タクミ屋さんを訪ねたわけです」

「いいじゃないの」と言ったのは香織だった。「おかげで、ユイさんに正しい野菜の洗い方を教えてもらえたんだから」

するとユイが、「あれで正しかったんでしょうか？」ともらす。

「まさにあのとおりですよ」と香織。「わたしが持ってる料理の本にも、そう書いてありますから。ユイさんも本を読んだんでしょ？」

「いいえ。両親がしてるのを横から見てて、いつの間にか」

「ご両親て？」

という香織の疑問に応えたのはミチカだった。

「ユイの家は、食堂を営んでいるんです」

「まあ」と香織が自分の頬に両手を当てる。「恥ずかしい。自分がつくった料理をプロの方に召し上がっていただいてたなんて」すっかり恐縮してしまった。

食事のあとは、ミチカのお持たせのケーキでコーヒーを飲み、ふたりは園部宅を辞した。

「なんか悪かったね、無理に付き合わせちゃったみたいで」

再び人けのない蔵前の問屋街を歩きながら、ミチカはユイに謝った。

「そんなことない。楽しかったよ。香織さんの料理もおいしかったし」

ユイはそう言うけれど、硬い表情の彼女の横顔を見て、「そうかなあ」と疑問を投げかける。

「なあに？」

とユイがこちらを向いた。

「このところ、元気がないみたいだから」

それについて、ユイは否定も肯定もしない。

雷門に近づくにしたがって、夜の街が明るくなり活気づいてくる。

意外にもユイから、「ねえ、もうちょっと飲まない？」そんな誘いを受けた。

「いいよ。亀安にでも行く？」

「もうお腹いっぱいだし、飲むだけがいいな」

小料理屋の亀安に行ってお酒だけというわけにはいかない。吾妻橋際にある交差点の一角に建つ神谷バーに入る。明治創業の老舗バーで、ここの売りはデンキブランだ。入ってすぐにあるレジでデンキブランのチケットを買って中へと進む。アールデコ調の古い洋風建築のバーだからと、肩ひじ張ってかしこまる必要などまるでない。入れ込みのテーブルが並んだ店内は、大衆酒場といった空気が流れている。

空いている席を見つけて並んで座り、テーブルにチケットを置くと、ベテランらしい男性店員がやってきて、それを取り上げる。そして、片手だけで器用に半券をちぎり、半券を残していく。間もなく戻ってきた店員が、トレーに載せてきた逆三角形の小さなグラスをテーブルに置き、代わりに半券を持っていった。

――食品サンプルに取り組むのも、家業のかなえ食堂のためなんだよね？　そんなにも打ち込むのはなぜなの？

この際だから、抱いていた疑問をユイにぶつけたい。でも、もうちょっと飲もうって誘ったのは、彼女のほうになにか話があるからだろう。

ミチカはグラスを取り上げると、琥珀色《こはくいろ》の液体を口に含んだ。デンキブランは薬草の香りのするカクテルだ。ブランデーベースだから、ブラン。デンキは、このカクテルが生まれた明治の頃、目新しいものは電気○○と呼ばれたからとか。てんぐ橋道具街の近くにある喫茶、エレキホールも同じテイストによる店名なのかというと違う。あそこはもともと電気屋で、戦時中にご主人が出征して女手だけになった際に甘味処に商売替えした。戦後は、そのまま喫茶店になったのだ。……って、そっちはともかく、デンキブランのいわれについては、学生時代に一緒にここにきた〝彼〟があたしに教えてくれた。「神谷バーの建物ってさ、国の登録有形文化財なんだ。文化財の中で酒が飲めるところなんて、なかなかないよね」そう言ってかすかに笑ったっけ。テーゲー大に入るため地方から出てきた彼は、ミチカよりも都会の情報に敏感だった。

「あたしさ、ほんとはかなえ食堂の娘じゃないんだ」

「うんぬ……」

ユイがなにげなく発したひと言に、ミチカはデンキブランを不用意に飲み込んでしまった。アルコールの熱い塊《かたまり》が喉から胃に転げ落ち、むせて咳をする。

「なにそれ……どういうこと？」

「養女なの、あたし」

「ええっ!?」

そう声を発する以上に、なにを言っていいか分からない。

「四歳で、遠い親戚だったかなえ食堂の両親に引き取られたの。彼らには子どもがいなかったから。あ、今の父と母を、あたしはほんとの親だと思ってるよ。父と母も、あたしをほんとの娘だと思って育ててくれた。だから恩返ししたいの。かなえ食堂で働いて、両親の力になりたいって決めたわけ」

ミチカが少女の頃、自分は匠の家の娘ではないんじゃなかろうか、と考えたことがあった。そういえば、親と似ていないような気がする。がさつな母に比べて、自分はどこか上品だ。もしかしたら、さる高貴な家柄の娘で、事情があってこの家に預けられているのかもしれない。だから、下世話な町の雰囲気にも馴染めないのだ。いわば自分は掃き溜めに舞い降りた鶴だ。そしてある日、黒塗りの高級車がミチカを迎えにくる。その時になって陽子は「今まであなたをだましてごめんなさい。それでも大切に育ててきたつもり。これからは、わたしなんかの手の届かない世界に行ってしまうけれど、どうかミチカちゃん、ここでの暮らしを忘れないでおくれ」と言って、よよと泣き崩れるのだ。

「ねえミチカ、聞いてる?」

ユイからそう声をかけられ、「え? あ、うん」現実に引き戻された。自分の親が本当の親ではないかもしれない。そうした少女漫画的夢想は、誰もが一度は抱くものなのかもしれなかった。……いや、あたしだけか? それはともかく、本物の当事者がこんなに近くに存在していたなんて。

ユイは、かなえ食堂のショーケースに並べるための食品サンプルをつくったけれど、お父さんに気に入ってもらえなかったらしい。「父は遠慮して口にしないけど、分かるんだ。なんで、言葉に出さないんだろう?」そんな彼女に向かって、「親子だって、遠慮して言わないこともあるよ」とミチカは気安く考えを伝えた。すると、ユイの表情が険しくなった。今、彼女の表情の意味が分かる。あたしのバカ!

ミチカは、さらにある考えに至った。

「ユイが養女だってことは……」

そう不用意に口にしてから、しまったと思い、「ごめん」と謝る。

ユイが無言で首を横に振る。口の端に静かな笑みをたたえていた。それを見て、ミチカは改めて訊き直す。

「この件は、てんぐ橋の人たちは知ってるのかな?」

「かなりの人たちが知ってると思う」

と彼女が応える。

「うちの母も？」

ユイが頷いた。そして言う。

「たぶんクマさんも」

「もちろん野々村社長も、だよね？」

再びユイが頷く。

誰もいっさいそんな素振りを見せないじゃないか。

「みんな気を遣ってくれてるんだと思う」

ユイが呟いてデンキブランを啜った。

「きっとマナーなんだよ」とミチカは言ってみた。「てんぐ橋道具街という共同体で暮らすうえでのマナー。物事を深く隠し、けっして口にせず、表に出さない。けれど、秘密を共有することで、互いの結束力を強くしているのかも。よくも悪くもてんぐ橋の人たちってそういうとこあるから」

ミチカも、そんなこの街から一度は離れたくなったのだ。それでテーゲー大に入って、ひとり暮らしをした。

「誰もが自然でさりげなく、あたしに接してくれた」とユイが言う。「みんないい人たちなんだよね。でも、あたしのほうが勝手に壁をつくってしまった」

そうやって、誰に対しても不愛想な、ただひとり我が道を行く唯一無二のユイが出来上がったのだ。

神谷バーのテーブルに並んで座り、ふたりで無言でいた。しばらくしてユイが薄い唇を開く。

「あたし、調理専門学校で習ったり、かなえ食堂で修業する中で、おいしさを追求してた。ひたすらおいしい料理をつくりたいって。かなえ食堂のショーケースの食品サンプルを自分の手で新しくしたいって考えたのをきっかけに、料理の表情も気になってきた。野々村サンプルで働いて、もっと料理の表情を理解したいって。目でも舌でもおいしい料理をつくりたいから」

ユイが照れたようにうつむいた。

「かなえ食堂を、日本一の大衆食堂にしたいって本気で思ってる」

それが、ユイの一生懸命の理由だった。両親への恩返し……か。「あたしだって、ほかに行ってみたいよ」ユイがひどく寂しげにそう口にした時、かなえ食堂を継がなければならない彼女自身の宿命について言っているのだろうと思った。その宿命は、彼女が自分自身に課した宿命でもあったのだ。

「最近、ほんとの父が誰だか分かったんだ」

ユイがぽつりとそうもらしたので、ミチカはさっと顔を向けた。彼女は、テーブルのグラスに目を落としている。その目を上げて、斜め向こうを見た。

「あの人」

「にぃえ！」

すっとんきょうな声を出してしまった。ユイの視線の先には、白髪をオールバックにした初老の男性が新聞を読みながら、生ビールをチェイサーにデンキブランを啜っていた。渋い茶のツイードのジャケットが白髪と合っている。白いシャツの襟はぴんと糊が利いていて、黒いニットのネクタイをゆったりと結んでいた。

「ダンディーじゃない」

ミチカは感想を伝えた。

「なにか勘違いしてない？　あそこにいる人じゃなくて、新聞――」

ユイに言われて男性が持っている新聞に視線を移す。彼は、縦長に半分に折りたたんで夕刊を読んでいた。裏になった三面記事がこちらを向いている。紙面が報じているのは官製談合事件と、それをめぐる汚職だった。

「テレビのワイドショーでよくやってるよね」

その事件ならミチカも知っていた。どこかの県が発注する公共事業について、競争入札の金額が業者間で事前に話し合われていた。間を取り持ったとされる代議士と彼の秘書に一千万円以上の金銭授受疑惑が報じられていた。新聞には、代議士と秘書の写真が大きく載っている。

「あの人だと思う」

「じゃ、ユイのお父さんて、議員!?」

かなえ食堂の前に黒塗りの高級車が迎えにくる――しかし、今や彼は疑惑の人物だ。

「ううん、秘書のほう」

ミチカは改めて新聞の写真に目をやる。髪を短く刈った恰幅のよい男性と、それに付き従うように後ろを歩いている男性の姿が写っていた。後ろにいるのが秘書だろう。長めの七三の下に伏し目がちの貧相な顔があった。痩せ型で、背中を丸め首を突き出し、けつまずいたような姿勢をとっている。

「あの人がユイのお父さんなの？」

そう訊いたのは、きりっとした美形のユイとはあまりにかけ離れた風貌をしていたからだ。

「大木戸《おおきど》っていうのあの人。戸籍謄本にあった本当だという父と同じ名前」

「大木戸は、まあ、どこにでもある苗字《みようじ》ではないよね。フッー、大木か、木戸のどちらかだもんね」

ほんとにそんなものかと思いつつもとりあえず口にしてみた。そして、さらに言う。

「でも、膳本にあった苗字と同じって、それだけ？」

「名前のほうも一緒なんだ。大木戸一郎《いちろう》」

「一郎は、わりとどこにでもある名前じゃない？　ちょっと変わった苗字と、珍しくない名前。やっぱ偶然てことないかな？」

ミチカの懐疑的な発言に対して、さらにユイが反論してきた。

「あたしがかなえ食堂にいた時、テレビのニュースにこの人が映ったら、母が急いでリモコンを手にしてチャンネルを変えた」

「思い過ごしなんじゃない？」

ふたりで記事の写真を睨みつけるように話していたら、新聞を持っている男性と目が合ってしまった。それで慌ててそっぽを向く。

「あたし、大木戸氏のこと、ネットやなんかで調べてみた」

ユイは実の父親かもしれない人物を大木戸氏と呼んでいた。

「そしたら、以前、大木戸氏は公職選挙法違反で逮捕されてる」

「逮捕!?」

大きな声で言ってしまい、ミチカは慌てて口を押さえてあたりをきょろきょろ見回す。

「逮捕されたの？」

今度は小さな声で訊いた。それに対してユイが短く頷く。

「現金や飲食接待で票の取りまとめを行ったの。その時の候補者が、現在、大木戸氏が秘書をしているあの代議士。彼はその選挙に当選したものの、連座制適用対象となり当選無効で失職した。そして買収行為は、大木戸氏が独断で事務所のおカネを使い込んで行ったものとして逮捕された。大木戸氏逮捕の年は、あたしが四歳の時。つまり、かなえ食堂に養女になった年と一緒なの」

ミチカは小さくため息をついた。そして訊く。

「ユイの本当のお母さんは、その時どうしたの？」

「大木戸氏の妻は、良家の子女だったみたい。大木戸氏には、それなりに将来の期待をかけてたようだけど、この事件でもう先はないと見限った。いや、彼女とその親族は、大木戸氏との結婚自体なかったことにしようとした。そこで、もの心つくかつかないかのひとり娘を、親戚といえるかどうかも分からないかなえ食堂の夫婦に託した」

ユイがジーンズのお尻のポケットから細かくたたんだ紙を取り出して、ミチカの前に置く。

「国会図書館で昔の週刊誌の記事をコピーしてきた」

「探偵みたいだね」

と言ったら、「あたし自身の問題なんだよ」と必死な表情で訴えられる。

「ごめん」

と慌ててまた謝った。そして、記事に目を通す。コピーは三枚。どれも扱いは大きくなかったが、ユイの言葉どおりのことが書いてあった。粒子の粗い、そして今より若い大木戸の写真が載っているものもある。誌面のレイアウトに時代を感じた。

「戸籍謄本は、専門学校に入るのに必要だったから区役所でもらった時に見た」

「ユイは、それを見る前から、実の親がほかにいるって知ってたんだよね？」

彼女が頷く。

「四歳の頃の記憶って、人はどれくらい覚えてるものなのか知らないけど、あたしの場合は結構残ってるほうだと思う。ほら、生活がドラスティックに変わっちゃったから。それ以前とそれ以後みたいな感じで。だけど、かなり断片的だし、曖昧なんだよね。大木戸氏の顔も、大木戸夫人の顔も覚えてない」

ユイがデンキブランを飲んだ。その彼女に訊いてみる。

「会いたい？」

「誰に？」

「お父さんに」

ユイが、鼻で笑った。

「あの人は、拘置所に五百日勾留されたんだ。選挙違反に代議士の指示がなかったかどうか、特捜が調べてたみたい。結局は、彼だけが執行猶予付き有罪判決を受けた。恩赦っすると一年後に、今度は皇室の慶事による恩赦で減刑されることになったの。恩赦って、殺人や傷害みたいな直接被害者のいる事件の受刑者が釈放されたケースはなくて、選挙違反者や道交法違反者がほとんどなんだって。恩赦の際、公選法違反で失われた公民権も復権された」

彼女から薄ら笑いが消えた。

「秘書によって失職した悲劇を売り物に虎視眈々《こしたんたん》と政界復帰のチャンスを窺う人物のもとに、足を引っ張った当人であるはずの大木戸氏は戻った。以後、二人三脚で地道な運動を続け、代議士に返り咲く。とにかく後押しする地元の声が強いみたいね。そんなんだから地盤が固い。一方で、その地盤を失いたくなくて潤沢な資金を必要とした。今回の官製談合も、代議士の地元が舞台になってる。もうずぶずぶって感じ。ネットニュースで読んだんだけど、この代議士は高いスーツを着ないんだって。宴席でお酌して回るんで、すぐにズボンの膝が畳で擦り切れちゃうからって」

そこでユイがこちらに顔を向ける。

「あの人に会いたい？　って訊いたね。大木戸氏は、あたしを迎えにくるどころか、また腐《くさ》れ縁《えん》の代議士のところに戻ったんだよ。そんな人に会いたいと思う？」

「あちらのほうは、娘に会いたくても顔を出せずにいるってことない？」とミチカは言う。「ユイはきっと幸せにしてるはずだって、会わないようにしてるのかも」

「あたしの家は、ずっとかなえ食堂だよ。うちの両親は、これまであたしにはなにも説明しなかった。あたしもなにも訊かなかった。それでとっても自然だった。それなのに、この人のせいで心をざわつかせなくちゃならないなんて、いい迷惑」

ミチカは「ねえ、どうして話してくれる気になったの？」と開きかけた口を閉ざす。それは、もしかしたら彼女が、あたしを友だちだと思ってくれてるんじゃないかと思ったから。

するとユイがふとこんなことを言う。

「両親とあたしの間が自然だったって言ったけど、もちろん微妙なところもあるよ。あたしの髪形さ、子ども時代のままなんだよね」

ユイとは学区が違う。だから、小中学校時代の彼女を知らないのだ。

「子どもの頃は母が髪を切ってくれてたんだけど、ぱっつりカットされたこのおかっぱ頭が好きじゃなかった。でも、それを悟られないように、サロンでカットしてもらうようになった今も髪形を変える勇気がないんだ」

クレオパトラカットの秘密を聞いたら、なんか泣けてきた。あんたも気を遣ってるんだね。

3

「ミチカさん……」

タクミ屋にやってきた園部が、ミチカを捕まえるとぼやき始めた。

「香織のことなんですが、僕は、料理していると相変わらずダメ出しばかりされて、落ち込んでしまいます。会社で仕事してても、そのことが頭から離れなくて」

園部は職場から帰宅途中に立ち寄ったようで、スーツ姿だった。

「僕が炒めものをしていると、勝手に横から火加減を調節します。肉を焼けば、中まで火が通っているかチェックします。僕の料理が出来上がったあとも、鍋やフライパンの汚れを見て、ため息をつきながら洗い始めるんです。僕は、食事をしてから洗うつもりでいたのに」

ミチカはどう受け応えすればいいか分からないでいた。

「以前、野菜の洗い方について相談に乗っていただきましたよね？」

「ええ」

「うちに来ていただいた時、ユイさんがレクチャーしてくれた内容について、香織が〝わたしが持ってる料理の本にも、そう書いてありますから〟って、肯定してたでしょ？」

「確かそうおっしゃってたような」

「香織はね、その料理の本の言いなりなんですよ。だから、本に書いてあるからって、鍋やフライパンは料理しながらこまめに洗いなさいって僕にも押し付けるんです。料理が出来上がったと同時に、鍋やフライパンも洗えてないといけないって。炒めものだって、きっと本に書かれてる火加減にしてるんですよ」

「お料理の本、ですか？」

ミチカの発した単語について、激しい嫌悪を見せる表情で頷く。

「いくら本に書かれているからって、あんまりダメ出しが続くと、僕の持ってた料理に対する自信もやる気も失せてしまいそうです」

料理好きの男性が、料理することを嫌いになってしまう。それは、料理道具専門店で働く身としては悲しい。

「香織の料理は確かにおいしいと思います。でも、僕が大好きな酢豚をつくってとリクエストしても、〝あなたは子どもみたいにピーマンが嫌いでしょ。だから酢豚はダメ〟とつくってくれないし。そんなことだから、僕がピーマン抜きの酢豚を自分でつくるしかないんです。すると、今度は、〝好き嫌いはよくないわよ〟って注意されるし」

「それは、やっぱり、なんでも食べたほうがいいんじゃないですか」

とミチカが笑ったら、「僕はどこか間違っているでしょうか？　あ、ピーマンを嫌いなことを除いてですけど」と訊かれる。ミチカは返事に窮してしまった。

翌日、今度は会社帰りの香織がタクミ屋を訪ねてきた。園部夫妻の寄り道ルートかい、うちは？　とミチカは心の中でツッコミを入れたが、もちろんそれは喜ばしいことだった。誰もが立ち寄りたくなる——それがよい店の証のはずだから。

「おにぎりをつくる型のようなものってありますか？」

と訊かれ、「ございますよ」と案内する。

「おにぎり型です」

高温にも強いポリプロピレン製の半透明の三角形の型だ。ご飯がくっ付かないように、型の内側と押す役目をするフタの内側がエンボス加工されている。

「夫が塩にぎりが食べたいって突然言いだしたんです。そういえば、結婚してから一度もおにぎりをつくっていないなって。実はわたし、自分の握ったおにぎりが食べられないんです」

人の握ったおにぎりが食べられるか？　という質問に対してネット上でさまざまな意見が交わされているのを、ミチカもなんの気なしに読んだことがある。「母親か自分のつくったものなら、素手で握ったものでも食べられる。お店で売っているものなら、機械やビニール手袋をしたものでないとダメ」「誰が握っても、おにぎり自体がダメ」「食べられる範囲は家族、親戚がつくったものなら。お店のはイヤ」「夫は、わたし（妻）か義母の握ったものでないと食べない。コンビニもダメ」「母の握ったものはいいけど、自分で握ったのが食べられない」などなどだ。神経質な視点でおにぎりを見たことのないミチカにしてみれば、まさに目からウロコの意見ばかりだった。

おにぎりって、日本人は誰でもフツーに食べるものじゃないの!?

「わたし、ラップを使って握ることもできないんです。白いご飯粒が指に付くのを想像すると、背中がぞわぞわっとして……。挽き肉を手でこねてハンバーグをつくることは問題なくできるのに、自分でも不思議なんです。けれど、彼が塩にぎりが食べたいって言うんなら、つくらなければと思ったんです。料理の本にもレシピが載ってるし、型を使ってもいいって書いてありましたから」

「では、どうして園部さんの酢豚をつくってというリクエストはNGなんですか？　料理の本に出ていないとか？」

と遠慮がちに訊いてみる。

「本のレシピの材料にはピーマンが入っています。彼はピーマンが嫌いなんです」

「ピーマンを抜いてはいけないんですか？」

「それだと味が変わっちゃいますよね。おいしい酢豚にならないと思います」

ミチカは絶句してしまう。

おにぎり型の入ったレジ袋を下げ、「週末、これでお昼に塩にぎりをつくってみます」と香織は勇躍して帰っていった。

ところが、その週の土曜の昼過ぎ、タクミ屋に香織から怒りの声で電話がかかってきたのである。

「彼、わたしの塩にぎりがおいしくないって言うんです！　お宅で買ったおにぎり型を使って、それに付いてた説明書どおりにつくったのにですよ！　おまけに、塩にぎりを食べた彼の感想が、わたしのことを〝空気みたいなもの〟だって言うんですから！」

受話器を置くと、ミチカは野々村サンプルのガラス張りの工房の横に立つ。中からユイが窓を開けた。

「どうしたの？」

「ユイ、昼休みは？」

「これからだけど」

「じゃ、ちょっと付き合って」

ユイを引っ張って、園部宅に向かう。道すがら事情を伝えた。

「あんたも面倒なことに巻き込まれちゃったね」

と感想をもらしただけで、ユイは自分の昼休みが台無しになることについて不平は言わなかった。この間、神谷バーで彼女の話し相手になったからかもしれないし、心がざわついている彼女にしてみれば、なにかほかのことに目を向けたいのかもしれなかった。そしてなにより思うのは、友だちだからではないかということ。そう、友だちだから付き合ってくれるんだ。思えば、あたしはこれまで面倒《めんど》いことにいつもユイを巻き込んできた。そうして、彼女はいつも付き合ってくれてた。

「香織に対して、〝空気みたいなもの〟とは言ってません」

ふたりが到着すると、園部がそう弁解した。

「〝ふたりともこれからは空気のような存在にならなければいけない〟と言ったんです。お互い、空気のように、それがないと生きられない存在にならないといけないという意味です。だから、なんでもありのまま隠すところなく言い合えるようにしたいと。そして、この塩にぎりがおいしくないと伝えました」

「なぜ？　本のレシピどおりにつくったのに、どうしておいしくないの？　おにぎり型だって、説明書きどおりに使ったのに！」

香織は腹が立ってどうにも我慢ならないといった感じである。

四人でダイニングのテーブルを囲んで立っていた。そのテーブルの上には、白い皿に並べられた塩にぎりがあった。

「ミチカさん、ユイさん、よろしければ味見をしていただけませんか？」

園部に言われ、ふたりは顔を見交わし、頷き合う。香織に渡されたウエットティッシュで手を拭うと、「いただきます」と声を揃え、立ったままで塩にぎりを食べる。ご飯と味つけは塩だけの、いたってシンプルなおにぎりである。

園部と香織が、無言で塩にぎりを咀嚼《そしやく》するふたりを注視していた。なんだか怖いような雰囲気だ。

食べ終えると、ミチカはユイと再び顔を見交わした。どうやら、彼女も同じ感想を抱いているようだ。

「どうでしょう？」

と訊いてきたのは園部だった。それに対してミチカはすぐに応えず、香織に向かって、「この塩にぎりのご飯は、塩炊きしてますよね？」と尋ねた。

香織が頷いて言葉を返す。

「握ったあとに塩を振る〝塩振り〟が一番塩味を感じるみたいです。ご飯に塩を加えて混ぜる〝塩混ぜ〟と、塩水でお米を炊く〝塩炊き〟は、おにぎりを口に入れた時、舌に直接触れる塩の量が少ないため、甘みを感じるそうです。わたしが使っている料理の本では〝塩炊き〟を採用していたので、水と塩の量を書いてあるとおり量って二合炊きました」

「炊き上がったご飯は問題ないと思います」

「なら、おにぎり型のほうに問題があるんだわ。この説明書きどおりにしたのに」

ミチカは香織から小さな紙片を受け取った。そこには、製品寸法や本体の材質、耐熱温度と耐冷温度といった仕様のほか、〔ご飯の量は一〇〇グラムが目安〕と記されていた。

「香織さん、うちでお買い上げいただいたおにぎり型をお借りしていいですか？」

彼女がシンクの水切りかごからおにぎり型を持ってきた。

「ユイ、お願い」

とミチカは言う。

「え、あたしがするの？」

「ユイのほうが間違いないから」

彼女が無言で頷くと、香織に向かってちょこんと頭を下げ、おにぎり型を受け取った。そして調理にかかる。

「料理の本のレシピでは、一個のご飯の量は？」

とユイが尋ね、「一〇〇グラムです」と香織が返答した。

今度はミチカが、「おにぎり型の説明書きにあったご飯の量も同じく一〇〇グラム」と伝えると、「了解」とユイが応じる。

香織に向かってユイが、「失礼します」と言ってから炊飯器のふたを開け、デジタル式のクッキングスケールにおにぎり型を載せ、そこにきっちり一〇〇グラムの塩炊きしたご飯を盛った。

型のご飯をふたで押さえて、出来上がった塩にぎりを取り出すと、皿の上に置く。

そこでミチカは、「香織さん、おにぎりは手で握れないそうですけど、型でつくったものなら食べられます？」と訊く。

「自分では握れませんが、人が握ったものを食べるのは平気です」

なるほど、人とはどこまでも複雑にできている。

今度はユイが、「なら、ひと口食べてみてもらえますか？」と自作の塩にぎりを勧めた。

「はい」と厳しい顔つきで応じた香織が、「いただきます」と、三角おにぎりの一角を食べた。

すると、ぱっと表情が変わる。

「おいしい！」

思わずといった感じでそう声に出す。

「どれどれ？」

隣から園部の手が伸びる。香織が持っていたおにぎりをもらい、彼もひと口食べた。そして、大きく目を見開いて、「うまい！」と感想をもらす。

「香織さん、ご自分がつくった塩にぎりを食べてみてください」

彼女が緊張したようにこくりと頷き、皿から塩にぎりを取り上げて口に運ぶ。すぐに難しい顔になった。

「ご飯がべちゃっとしてます」

ユイがゆっくりと頷いた。

「型詰めする時に、力を入れて固く押してしまったから、ご飯がつぶれて粘りが出てしまったんです」

「そういうことだったんですね。でも、本のレシピに型詰めの力加減まで書いていなかったので」

「あたしはごく軽く、形を整える程度に型詰めしました」

とユイ。

「だから、ふっくらおいしく仕上がったんですね」

香織が小さく首を横に振った。

「食べてる途中でおにぎりがぼろぼろ崩れてしまうのが怖くて……。わたしがつくったおにぎりは、ご飯を固めてしまったのと一緒ですね」

　彼女がため息をついた。

「ごめんなさい。おにぎり型のせいにして、タクミ屋さんに電話で文句を言うなんて」

「真面目な香織さんらしい、真面目なおにぎり」

　ミチカが言ったら、「真面目か……ものは言いようね」と香織が口を歪めた。

「真面目ですよ。いつも料理の本を見て、きっちりつくって」

　なおもミチカがそう発言すると、「真面目なのも困りものですよ」と否定したのは園部だった。

「僕が料理してると、いちいち横から口出ししてきて。たまったもんじゃない」

「あなたが、あんまりいい加減だからよ！」

「自由にやらせてほしいんだよ」

　すると、香織がかっと目を見開く。

「分かった。もうなにも口出ししない！」

　彼女がきっぱりと宣言した。

「そう願いたいね」

　と園部が相変わらず軽い調子で応じている。けれど香織のほうは真剣そのものだ。

「おにぎりが食べたいって言うから一生懸命つくったのに」

彼女の声が震えていた。

「ご飯を手で握れないけど、一生懸命つくったんじゃない」

「香織……」

さすがに園部も言葉を失っていた。

「おにぎりをつくることだけじゃない。わたし、料理が嫌いなの。自分でつくった料理なんて食べたくないの。だけど、結婚したからには女が料理をつくらないといけないって思って……」

「そんなことないよ！　きみの料理、おいしいじゃないか」

隣で園部が必死になだめようとするが、香織は小さく首を横に振った。

「料理の本を見ながら、いつも同じ味になるようにつくってた。けれど、楽しくつくったことなんて一度もない」

そこで、香織が園部を見る。

「ごめんね。あなたが、自由に料理しているのを見て、わたし、羨ましかった。だから、いつも横から口出ししてたの」

園部は黙っていた。

「あたしも、料理が苦手です」とミチカが言った。「そんなあたしが、横から口を挟む資格なんてないかもしれません」

そう断ってから思いきって話すことにする。

「妻を〝空気みたい〟と称するのは、昔から男性が使う都合のいい言い方で、なんかヤですよね。でも、ユイがつくったこのおにぎり——ご飯とご飯の間に含んだ空気も味なんです。この握り方だと、口の中でほどけます。お米ひと粒ひと粒のおいしい食感が広がるんです」

そこで香織がぼそりと呟く。

「あたし理系の研究職で、常に正答ばかり求めてきました。料理も数式や実験と同じで、なんでもきっちり量ってしまうんです」

「料理には正解がありません。正解を求めようとすると苦しくなります」とミチカ。

「食材だって一年中同じものが揃うわけではないんですから。味が一定しないのが家庭料理ではないでしょうか。だから、飽きないともいえます。お店のような味である必要なんてないと思います」

香織が黙って聞いていた。

「先ほど〝空気も味〟と言いましたが、空気を読むのも家庭料理だと思うんです。家族が疲れているようなら、煮物の煮込み時間を長くして、やわらかく炊いてみようとか。たくさん汗をかいてきたようなら、塩味を濃い目にするとか」

園部が、「きみは、これから料理をしなくていいよ」と目に優しさを込めて言った。

「だけど……」

彼女のほうは不安げだった。

「料理は僕が担当する」

「じゃ、わたしはなにを？」

「ブルーレイレコーダーを買った時さ、前からあるDVDデッキだのケーブルテレビだのの配線を、僕がマニュアルと首っ引きでフーフーやってると、きみが〝ちょっと見せて〟って、ささっとつないじゃったよね」

園部はいったいなにを伝えようとしているのだろう？　とミチカは思った。香織も不思議そうな顔をしている。彼がなおも言う。

「香織は洗濯したシャツにきちんとアイロンをかけてくれるし、家電品の修理や日曜大工もきっちりやっちゃうだろ。僕なんてクギひとつ打てない。そんな役割分担てどうかな？」

なるほど、そういうことか。香織のほうは考えているふうだった。園部の提案どおりになるかどうか、それは彼ら夫婦が決めることだ。

「料理は女性がするもの、という思いに香織さんは囚われてた」と隣を歩きながらユイが言う。「でも、彼女は料理が好きじゃない。そんな自分を否定するため、あたしたちを食事に招いてくれたんだね。料理が得意な奥さんを演じて」

「やっぱり真面目なんだと思う、香織さんは。だから、ユイとあたしを手料理で一生懸命にもてなしてくれた」

ふたりで、てんぐ橋に引き返していた。

「ミチカの場合、仕事的にもうちょい料理ができるようになってもいいんじゃない？」

と言われ、「あたしには、ユイがいるもん」と返す。

彼女は、「ちっ」と舌打ちしたが、笑っていた。

ゆっくりお昼を食べる時間がないので、途中コンビニでパンを買った。彼女はミックスサンド、自分はカレーパンと焼きそばパン。そうして、それぞれ店に戻る。

事務所で母の陽子が、小型テレビでワイドショーを見ながら手製のおにぎりを食べていた。

「首都圏の夫婦を対象に番組が独自調査を行いました」

とワイドショーのＭＣが言っている。

「〝夫も家事を分担すべき〟と応えた夫は実に八二パーセントに及びます。ところが妻から見た場合〝食事の支度をすることがよくある夫〟は一四パーセントに留まってるんですな」

それを聞いたら、なんだか園部を応援したくなってきた。

「あんたも食べる？」

と陽子が言って寄越す。母のおにぎりは大きくてふっくらしているのに、食べていて崩れない。名人芸と呼びたくなるおにぎりだ。

「ノリを巻いたのが焼きタラコ入り。ゴマを振ってあるのが塩ジャケだよ」

食指が動くが、「あんたの分も一緒にお弁当つくるのに」と言われているのを、「気分転換に外で食べるからいい」と断っている手前、遠慮する。最初は黙ってお弁当をつくってくれていても、そのうち、弁当くらい自分でつくりなさいと言いだすのが母なのだ。料理するのは面倒臭いし、外で気分転換も事実だった。

「ミチカは〝おむすび〟って呼ぶ？　それとも〝おにぎり〟？」

と訊かれ、「おにぎりだよ」と応える。

「わたしはおむすび派だな。あんたの曽《ひい》おばあちゃんもおばあちゃんもおむすびって呼んでたから、わたしも自然とそう呼ぶようになった」

曽おばあちゃんとはタクミ屋三代目の主人リュのことであり、おばあちゃんは四代目の朋絵である。

「おむすびは東京言葉なのかもしれないね」

「東京の方言《ほうげん》てこと？」

とミチカが訊いたら、「断言はできないけど」とノリが巻かれたおにぎりをぱくついていた。

「今は地域に関係なく、おにぎりって呼ぶのが優勢でしょ。きっとコンビニおにぎりと一緒に全国区になったんじゃないかね」

「そういえば高校時代、大きく握ったのがおにぎりで、小さいのがおむすびって、独自の説を展開する友だちがいたな」

とミチカが焼きそばパンに食らいつこうとした時だ、「あれ、この件、いよいよ決着がつくんだね」とワイドショーを眺めながら陽子がのんびりと言う。例の官製談合をめぐる汚職事件だった。恰幅のいい代議士と、ユイが大木戸氏と呼ぶ貧相な秘書の写真が映し出されている。コメンテーターらがこの件を話題にしているまさにその画面の上方に、ニュース速報の字幕が入った。疑惑の代議士が、今夕緊急会見を行うというものだ。金銭や飲食接待を受けたのは秘書で、代議士本人は関与していないらしい。

「ヘンなネクタイ」と陽子がくさす。代議士は、目がちかちかするような柄のネクタイをしている。「おさだまりの〝秘書がやった〟っていうトカゲのしっぽ切りだろ」

そんな！　ミチカは焼きそばパンを置くと、事務所のドアから外に飛び出した。そして、野々村サンプルを路地越しに眺めてはっとする。

ガラス張りの工房で、ユイの横に立っているのは、今テレビに写真が映っていた大木戸ではないか。大木戸は、黙々と作業するユイの手もとを覗き込んでいる。通常は、工房に客を入れたりしない。もしかしたら、大木戸は強引に中まで押し入ったのかもしれなかった。店にいるのはふたりきりなのではないか？　ミチカは危機感を抱いた。無理心中という言葉が浮かぶ。捨て鉢になった大木戸が、実の娘を道連れに……。

ミチカは一車線の短い横断歩道を渡り、野々村サンプルへと急ぐ。すると、ユイが立ち上がってガラス張りの工房から、壁になっている店部分へと向かうのが見えた。大木戸もそれに続く。ミチカは、野々村サンプルの正面に回り込んだ。中を覗くと、ユイがレジでなにかを紙の手提げ袋に入れ大木戸に渡した。支払いを済ませた彼が、店頭に突っ立っているミチカのすぐ横をすれ違っていった。間もなくユイが外に出てくる。そうしてふたりで、去っていく猫背の後ろ姿を見送った。

「あの人、ユイを訪ねてきたんだね」

「偶然かもよ」

しらっとそう口にする。

「あるわけないでしょ、そんな偶然が」

ミチカが言ったら、黙っていた。

さらにミチカは、テレビのニュース速報のことを伝えた。するとユイが、「選挙違反とわけが違うからね。今度は執行猶予ってことにはならないかも」あくまでクールに言い放つ。

「だから、ユイの顔が見たかったんだね」

彼女がまた押し黙る。そして、もはや視界から消えた大木戸の歩み去った方向をじっと見つめていた。

「ここ、かなえ食堂で聞いてきたのかな？」

ミチカが言ったら、「まさか」とユイは否定する。「今さらあそこには近づかないと思うよ。それに、うちの両親も教えないんじゃないかな」

「じゃ、どうやって……？」

「探偵に調べさせた。代議士の秘書ならそれくらいするでしょ」そこでユイが薄く笑った。「この間、あんたもあたしのこと〝探偵みたい〟って言ってたね」

やがてユイは店に入り、奥の工房へと向かう。ミチカもそれについていった。

作業台の上に、コンビニのミックスサンドが包装されたまま置かれていた。ミチカはそれを見つつ、「ねえ、なんか話したの？」と遠慮がちに問いかける。

「大木戸氏と？」

と訊き返され、ミチカは頷いた。

「食品サンプルのこと訊かれたんで、いろいろ話したよ。地方によって特色があるとかね。たとえばうどんだったら、大阪ではダシが命で麺は重視されない。だから、うどん玉が入っていない肉吸いが生まれた。逆に、うどんの麺を重視する讃岐《さぬき》では、四角くてコシのあるうどんが好まれる。だから食品サンプルでも、喉を通る時にしっかりと角が感じられるような、見るからにエッジが利いたうどんをつくるって言ったの。そしたら大木戸氏が、〝それは食の方言ですね〟って。〝大阪湾と瀬戸内海の一部という地球規模で見れば小さな池のようなところを挟むだけで、そんな食の方言が存在するんですね〟って。嬉しそうに言うわけ」

さっき陽子と、おむすびという呼び方が東京方言かもしれないと話題にしていたのを思い出す。すると、ユイがため息をついた。

「なにが〝地球規模で見れば〟なの？　ひとりの政治家のために二度も逮捕される人間が、なにを言ってるんだろ」

ミチカは少し考えてから、「お店で、どんなもの買っていったの？」と訊いてみた。

「え？」

〝大木戸氏は〟にしようか、〝お父さんは〟にしようか、主語をどちらにするか迷っていた。そのうちにユイから先に、「冷ややっこの食品サンプル」と応えが返ってきた。

「〝どんな冷ややっこがいいですか？〟って訊いたら、〝シラスが載ってるのにしてください〟って言う。店になかったからつくった。その間に話したの、さっき言ったようなことを」

「そう」

ふたりでしばらく黙っていた。

「小さい頃の記憶があるの、あの人がお豆腐が好きだったこと。それから、ブンチョウの思い出」

ユイがゆっくりとそう口にする。

「ブンチョウ？」

彼女が頷いた。

「手乗りブンチョウを二羽飼ってた。一羽は白《シロ》ブンチョウのチャッチャ。あたしが〝チャッチャ〟って呼ぶと、すぐに飛んでくる。そして、あたしの頭や肩に乗るの。もう一羽は並《ナミ》ブンチョウのチビ太。小さくて、しょぼしょぼしてて、いじけてた。今考えると、もともと弱い鳥だったのかもしれない。チビ太は、あたしの近くまできても、手を出すと咬むから嫌いだった。だけど、あの人には馴れてた」

「あの人――お父さんね」

今度は主語を迷うことなくそう言ったが、ユイは無反応だった。

「ある日、チビ太がいないなって思ったら、ゴミ箱に落ちてた。足を片方ケガしたみたいで、それからチビ太は鳥かごの止まり木にちゃんとつかまれなくなってしまった。エサ箱の前にいても、チャッチャに追い払われてた。あたしがエサをやろうとしても、指を咬んで食べようとしない。エサをもらうのはあの人からだけ。あとは、チャッチャの食べかすを食べたりしてた。そして、いつの間にかチビ太は死んでた」

ユイがそこで押し黙った。

「みじめで、あたしの指を咬むチビ太が嫌いだった。あたしはほんとに、チビ太に意地悪だった。だから、チビ太が死んだことが悲しくなかった。けど……」

彼女の肩が震えている。

「……今は悲しい」

ユイが啜り泣いていた。

「悲しいよ……」

ミチカはユイを抱きしめた。彼女の体温を感じているうちに、しょっぱい涙があふれてきた。

第五章　ペッパーミル

1

「ミチカさんにご用ですか？」

そう熊ヶ谷が店先で問い直し、訪ねてきた客が、「ええ、匠道花さんにお会いしたいんです」と応えている。その若い男の声を耳にした瞬間、ミチカの胸に鋭い痛みが走った。

「えーと、ミチカさんは……と、さっきまでフライパンコーナーにいたんだけどな」

という熊ヶ谷の声を背中で聞きつつ、ミチカは急いでレジカウンターの奥のドアを開け、事務所へと入っていく。机で帳簿に向かっている陽子のほうを見ず、裏口から外に出ようとした。

「あら、どこ行くの？」

と声がかかる。

「ちょっと早いけどお昼」

そう応えたら、「お昼って、今さっきお店を開けたばかりじゃないのよ」とたちまち母の言葉が返ってきた。

「だからちょっと早いけどって言ってんでしょ！」

大きな声を出すと、老眼鏡を鼻先に掛け、上目遣いにこちらを見ている陽子の顔が唖然《あぜん》としていた。

後ろ手で乱暴にドアを閉め、店の横の路地に出る。細い一車線道路越しに、野々村サンプルの工房にいるユイと目が合った。彼女が胸のあたりまで手を上げ、挨拶してきたようだ。けれど、それに返す余裕もなかった。

薄曇りの冬空のもと、上になにも羽織らずエプロン姿のままでずんずん歩いていき、エレキホールに入った。例の昭和っぽい軽食メニューもあるが、もちろん食欲などないのでコーヒーだけ頼む。近くの商店街で働く人々も利用する喫茶店だから、タクミ屋のユニフォームのまま席についても少しも違和感はない。

最近になって水島《みずしま》諒《りよう》太朗《たろう》から電話やメールが入るようになった。電話には出なかったし、メールにも返信していない。メッセージには〔会いたいんだけど〕とあった。

目の前にコーヒーが置かれる。この店のよいところは、レトロなテーブルゲーム機なんかではない。趣味のよいアンティークな陶磁器だ。ミチカは、指先でコーヒーカップの質感に落ち着きを求めながら、スマホが諒太朗からの連絡で震えるのを待っていると思う。だが、実際にエプロンのポケットの中で振動し、相手が諒太朗だと分かると放っておいた。


翌日の午前、やはり開店して間もなくだった。

「欲しいペッパーミルがあるのですが」

と声をかけられ、ミチカははっとする。声の主は顎と鼻がとんがった、背の高いアラフォー男性だった。キャメルのロングコートに身を包んでいる。

「ペッパーミルですね、こちらになります」

ミチカは案内した。

いったい自分は諒太朗に会いたがっているのか？　それとも、今さら連絡を寄越されて迷惑なのか？　そして、ついに彼はタクミ屋にまでやってきた。諒太朗はなんであたしに会いたいんだろう？　そんなことばかりうじうじ考え、店に出ていても心ここにあらずだ。

ステーキや炒めものに欠かせない調味料がコショウだ。調理の最後にコショウをひと振り。その加減で味に差がつく重要なスパイスである。そのコショウのためにつくられた道具がペッパーミルだ。

ペッパーミルといえば、筒形で真ん中あたりがくびれたデザインの木製のものをまず思い浮かべるだろう。くびれ部分を持って、上部を回すことでコショウの粒が歯に挟み込まれ、砕かれていく仕組みだ。

「こちらがその定番スタイルになります」

と、木製のくびれタイプを示した。

「ペッパーミルがキッチンにあるだけで、料理の腕前が上がったような気になりますものね」

と言ったら、面白そうにほほ笑んでいた。しまった、プロだ！　と気がつく。この人はプロの料理人なんだ。ぼんやりした頭でものを言っているから、こういう誤りをするのだ。ミチカは慌てて隣の商品を指し示す。

「従来は木製が主流だったペッパーミルですが、コンロのすぐそばで使うことが多いので、使っているうちに油汚れでベタベタになってしまいます。そこで生まれたのが、こちらのオールステンレス製になります」

今度は銀色の金属製くびれタイプのペッパーミルを取り上げた。

「オールステンレス製は、ベタベタになりにくく、汚れても拭けばオーケー。衛生面で圧倒的に優れています」

とんがり男性は無言で二種類のくびれタイプを見下ろしている。

「ほかにも、上に付いたハンドルをコーヒーミルのように回すタイプもありますよ」

ミチカがハンドルタイプを手で示すと、「そちらはなしでございます」彼は、物腰は柔らかいけれど、きっぱりと一蹴した。

「では、この電動式はいかがでしょう？　スイッチを入れるだけで、コショウ粒を細かいパウダー状に挽くことができます」

「それなら申し上げましょう」とんがり男性が慇懃《いんぎん》に述べる。「わたくしが所望《しょもう》しているのは、ぐっと粗挽きが利くペッパーミルなのでございます」

「それなら」

と、ミチカはオールステンレス製のくびれタイプのペッパーミルを手にした。

「この上にあるツマミで粗さを調節できますよ」

ペッパーミルの頭に飛び出ているツマミは歯とつながっていて、ネジの締め具合で挽きの粗さ、細かさを六段階に調節可能なのだ。

「当然のごとく試しました。しかし、その程度の粗挽きでは足らないのです」

彼の目に失望の色が浮かんでいた。

「わたくしが所望しているのは、いわば超粗挽きのペッパーミルなのでございます。あちこち探し歩きました。そして、東京のイーストサイドにある、こちらの道具街までやってきたというわけです。タクミ屋さんのＷｅｂサイトも拝見しております」

「超粗挽き――」

「そうでございます」

とんがり男性の口調には諦めの色が漂いつつある。

「タクミ屋さんのサイトに謳ってありましたね――〔手に入らない料理道具はございません！〕と」

こうなったら、プライドにかけて来店客をただ落胆させて帰したくなかった。

「この件、ちょっとお時間ください。調べてみます」

すると、彼の目にかすかに光明が射す。

「なんとかなりそうでしょうか？」

「タクミ屋は料理道具専門店です。料理道具で揃わないものはありません」

そう胸を張った。

「カチョ・エ・ペペをご存じでございますか？」

まじないのような言葉に、ミチカは首を傾げる。

「一度当店に食べにいらしてください」

とんがり男性に名刺を渡された。六本木にあるイタリア料理店、イル・ジョーのオーナーシェフで、城之内《じょうのうち》というのが彼の名だった。

「グラスワインをサービスさせていただきます。ご家族やお友だちと、ぜひご一緒にどうぞ」

城之内が帰った途端、「ミチカさん」と熊ヶ谷に小声で呼びかけられる。

「なんです、クマさん？」

「ちょっと」

そのまま事務所に導かれていった。陽子も店に出ているので、室内は無人だ。

「若い男性が来てるんです。ミチカさんに会いたいって」

心臓が止まりそうになる。

「ミチカさんのほうは会いたくないんでしょ、あの人に。昨日、彼が訪ねてきた時、急にミチカさんの姿が見えなくなったんでそう感じました」

こまやかなのだ、この熊ヶ谷というタクミ屋の番頭さんは。ミチカは黙ったままうつむいていた。

「アタシが適当に言っておきます」

熊ヶ谷はそれ以上なにも訊かず、店に戻っていった。

ミチカは事務所のドアから外に出る。そして深呼吸した。冷たい空気が肺に痛いようだった。違う、痛むのは胸なのだ。

野々村サンプルの工房で、ユイがじっとこちらを見ていた。ミチカは、車の通りがないのを確認すると、横断歩道でないところを横切っていく。

窓越しに、「ちょっといい？」と声をかけると、ユイが頷いた。そして、店のほうから入ってくるように顎で示す。

「こんにちは」

と、店番しているニット帽にやぎひげの野々村に挨拶し、奥の工房に入った。

「ねえユイ、カチョ・エ・ペペって知ってる？」

と訊いたら、「いきなりだね」と彼女が薄く笑った。

「ペコリーノ・ロマーノっていう羊《ひつじ》のチーズを使ったパスタ。おいしいよ」

「──って、食べたことあるの？」

驚いて訊いたら、ユイが頷く。

「自分でつくって食べた」

ユイがつくったパスタ料理なら、さぞおいしいだろう。

「ところでさ」と彼女が言って寄越す。「今度ゴハン行かない？　奢《おご》るよ」

「え、どうして？」

「この間、心配かけちゃったから」

というのは彼女の出生をめぐる、例のことだ。

「奢るなんていいよ。あたしこそ、いっつも仕事で相談に乗ってもらってるんだし」

そのあとで、ミチカはにっと笑う。

「それはそれで、久し振りに飲みに行こっか。ここなんてどう？」とネイビーのエプロンのポケットから城之内の名刺を出す。「グラスワインをサービスしてくれるらしいよ。お友だちとどうぞって言ってたから」

2

ユイもミチカもそれなりにドレスアップして六本木へと向かう。ネットで調べたら、イル・ジョーはグルメレビューサイトのランキング上位に君臨するイタリアンだった。ポップなカラーと木目やレンガがほどよく調和した内装は、カジュアルさとシックさがマッチしている。

席に着くと、「シェフからです」とさっそくグラスの赤ワインがふたりの前に置かれる。カウンターの向こうの広い厨房から、コック帽に白衣姿の城之内がこちらに視線を送っていた。ミチカがちょこんと頭を下げたら、城之内がほほ笑みながら頷いた。

ユイもミチカもカチョ・エ・ペペを頼んだ。そして、ワイングラスを軽く掲げ合う。

「ミチカ、もしかして悩み事があるんじゃない？」

グラスに口を付けたあと、そう質問された。

「当たり」

すんなり応えていた。

だが、「あたしに相談したい？」と言われると、首を横に振った。

「口にするのもバカバカしい、くだらないことなんだ」

投げやりにつぶやく。

「分かった」ユイがじっとこちらを見ていた。「じゃ、なにも訊かないでおく」

あちらのテーブルにいる、自分たちよりもリッチそうな女子のふたり連れのもとに、城之内自らがパスタの皿を運んでいった。コース料理にひと皿追加したのだろう。城之内は皿を置くと、もう一方の手に携えてきたオールステンレスのペッパーミルを宙に投げ上げ、再びつかみ取る。そして、素早く両手でひねって挽いてコショウを振った。その所作を見て、カッケー！と思わずミチカは感心した。

「カルボナーラだね、あれ」

ユイが呟く。カルボナーラは、もちろんミチカも知っている。

「パルメザンチーズ、生クリーム、卵、ベーコンでつくったソースにパスタを絡めるんだよね」

そう言うと、ユイが笑った。

「ベーコンは家庭料理だよ。こういう店だと、豚の頬肉を塩漬けにして熟成させたグアンチャーレか、塩漬けした豚バラ肉のパンチェッタを使ってるはず。それと、最後に振ったあのコショウ――。カルボナーラって、炭焼き職人の意味でね、薪から木炭をつくる仕事の合間にパスタをつくったら、手に付いた炭の粉が落ちてって想像から生まれたという説があるの」

「へー」

「まあ、いわれは諸説あるけど、黒コショウの最後のひと振りは、パフォーマンスだけでなく、ピリッとしたアクセントになるように、ああやって直前にしたいよね」

なるほど……。

ふたりの前に、カチョ・エ・ペペの皿が置かれた。両手にパスタの皿を運んできたのは女性の店員で、その後ろには城之内が控えていた。あのペッパーミルのパフォーマンスを見せてくれるのかな、と期待していたら、小皿に盛った黒コショウの粒をスプーンで散らせるという地味な振る舞いだった。

「わたくしが超粗挽きのペッパーミルを所望している理由が、これでお分かりですか？」

城之内がミチカに向けて告げた。

「ペッパーミルをきりりと回す姿はキマッてますけど、皿に盛ってきたコショウを散らすのはパフォーマンスとして質が落ちますものね」

ミチカの言葉に対して、城之内のほうはただにこにこしているだけだった。

「どうぞお召し上がりください」

ユイとミチカは、「いただきます」とフォークを取る。そしてパスタを口にした途端、ふたりとも目を見張ってしまう。美味である。

ペコリーノ・ロマーノと黒コショウのシンプルなパスタ料理であるカチョ・エ・ペペは、「コクのあるチーズに、粗く挽いたコショウのガリリとした歯ざわりと辛さがバランスして成立しているのね」とミチカは感想をもらした。

城之内は頷くと述べる。

「言い換えれば、コショウを食べるパスタ料理と定義してもよいのです。それを実現できるペッパーミルがない以上、厨房で肉たたきハンマーで砕くしかないのでございます」

パスタを味わっていたユイが、「シェフがペッパーミルにこだわるのは、どうしてもお客さまの前でコショウを挽きたいからですね？」と訊く。

「さようでございます」

なおもユイが、「それも、パフォーマンスのためにではなく」と付け足す。

「いかにもでございます」

ミチカはやっと理解した。

「お客さまの前でコショウを挽くからこそ生まれる爽やかな香り高さ――それが、ペッパーミルにこだわる理由なんですね」

「コショウを挽いた香りから、料理の味わいは始まっているのでございます」

城之内が静かに断定する。

「もちろん、パフォーマンスも重要なファクターではございますが」

と彼が、片目をつぶってみせた。

「たとえば店のしつらえもそうなのです。お客さまが長い時間を過ごすうえで、居心地のよい空間にしなければなりません。店員たちの品格や振る舞いも含め、食事中はもちろんのこと、帰宅してからも、店のよかったことを思い出していただく。そして料理の味を思い出して笑みを浮かべていただき、またイル・ジョーに行きたいお気持ちになる。そうした総合力の中に、ペッパーミルがどうしても必要なのでございます」

「そうしたものはないな」

ひねこびた猿のような顔の大洞が返してくる。

城之内が所望する超粗挽きペッパーミル。そうした製品が、この世のどこかにないかを、問屋が相談する問屋——てんぐ橋道具街で敬意をこめて〝問屋の問屋〟と呼ばれる大洞堂に相談にきていた。三坪ほどの三和土の真ん中にテーブルがひとつ、それを挟んで向き合うように椅子が二脚置かれている。そのほかはなにもないのが、道具街の一番端に位置する大洞堂だ。いわば問屋相手のコンサルタント業である。

そうか、やはりないのか……と改めてミチカは思った。

すると、大洞のしわっぽい顔に笑みらしいものがくしゃりと浮かぶ。

「なければ、つくるってこともあり得るわい」

「つくるんですか？」

だが、それ以上なにも言わず、にたにたしているだけの問屋の問屋をあとにする。

十二月の凍てつく空気の中を歩いて、タクミ屋に戻ってきた。店内に長身の若い男の後ろ姿を見つけ、ぎょっとする。

——リョウちゃん！

しかし、振り返ったその男は、高校時代の同級生の津村《つむら》だった。

「なんだ、ミチカじゃないか」

無精ひげが取り囲んだ唇を緩める。大洞に続いて自分に笑いかけてくる相手が津村とは、意外だった。

「〝なんだ〟はないでしょ」

と強い口調で返す。諒太朗でなくて、ほっとした気持ちとがっかりした思いが、ない交ぜになってそう言わせていた。

「おまえテーゲー大に行ったんだよな。卒業して家の仕事手伝ってんのか？」

「そうだよ」

「テーゲー大出たからって、みんなが芸術家になるわけじゃないんだな」

「ツムラこそ、平日の真昼間《まっぴるま》にどうしたの？　会社休み？」

悔しいから言ってやった。

「ああ、俺、会社辞めちゃってな」

その応えに、彼の無精ひげの意味が分かったような気がした。よけいなこと言っちゃったかなと後悔する。

しかし、津村のほうはまったく意に介する様子もなく、「スプーンて置いてんのか？」と訊いてきた。

「こっち」

とミチカは連れていく。

「うちは、高級なカトラリーって扱っていないんだよね。てんぐ橋には、それだけを扱う専門店があるから。うちが置いてるスプーンはこんな感じ」

タクミ屋の洋食器コーナーには数種類のスプーンがある。まず、メロンスプーン、グレープフルーツスプーンといったフルーツ用。日本で独自につくられた、底が平らでイチゴの表面にある小さなつぶつぶが刻まれたイチゴスプーンは、海外からやってきたプロの職人からも、「ストロベリースプーンはありますか？」と人気が高い。そのほかミツマメスプーン、ソーダスプーンなど、専門性が高いラインアップだ。

「普通のスプーンもあるよ」

とミチカが示すと、津村は一本手に持って、人さし指と親指でスプーンのツボを挟んでいた。スプーンの、料理をすくう部分をツボという。どうやら津村は、ツボの厚みを確認しているようだった。何本か手にしては、同じように慎重に感触を確かめていた。

「うん、これがいい」

と一本のスプーンを選び取った。

「なにに使うの？」

とミチカは訊いてみる。

「なにって、もちろんメシを食うのに使うんだよ。スプーンを口に入れた時の舌ざわりで、レトルトカレーだって味わいが断然違ってくるぞ」

「レトルトカレー？」

「働かないで家にいるのに、おふくろにメシつくってくれって言いにくいだろ。だから、自分でレトルトカレー温《あ》ったためて食ってる」

　悪びれずにそう言ってから、「そっちのは？」と、先が四つに割れているスプーンを指す。

「あ、これはカツカレースプーン」

　ミチカが応えると、「やっぱり！」と津村が目を輝かせた。昭和の学校給食で用いられていた粗悪な先割れスプーンとはわけが違う、ステンレス製の上物《じょうもの》だ。

　津村はカツカレースプーンを手にすると、やはり指先でツボの厚みを確かめていた。

「よし、こいつももらおう。肉屋でトンカツ買ってきて、レトルトカレーライスに載せて夜食にしてる」

　そこで片目をつぶって見せた。

「ビールのツマミも兼ねてな」

「カツカレーが夜食なんて、身体によくないよ」

　とミチカは忠告したけれど、津村はただ笑っただけで、二本のスプーンを買って嬉々《きき》として帰っていった。

　ひょろりとした後ろ姿を見送っていると、陽子が傍らに立つ。

「津村君、勤めてた証券会社を辞めて、うちに引きこもってるらしいよ」そんな情報を伝えてきた。「ほら、証券会社の営業ってノルマが厳しいだろ。きっと成績が伸びなくて、挫折したんだね」

その日も閉店時間になり、正面のシャッターを下ろしに向かおうとしたら、「ミチカさん、いけません！」と熊ヶ谷が両手を広げて通せんぼする。

「あの男が来てます」

「え!?」

「ポケットパークにいます」

タクミ屋は道具街の中ほど、大正期までは天狗橋という橋が架かっていた交差点の角地に建つ。道路を挟んで向かい側には、金色の大天狗とそれを囲んで飛ぶ金色のカラス天狗たちの像が立つポケットパークがあった。

「ストーカーってやつじゃないんですか？」と熊ヶ谷が心配そうに訊いてくる。「陽子社長に相談したほうがよくありませんかね？」

ミチカは首を横に振った。母は今日、道具街の振興組合の忘年会で浅草ニューホテルに出掛けていて留守である。

「社長には言わないで！」と強い口調で押しとどめた。「ストーカーなんて、そんなんじゃないの。大学時代の友だち。ただ会いたくなくて……」

外回りの戸締りを熊ヶ谷に任せ、ミチカは店内の片付けをする。それが終わると、店の二階に上がった。料理道具のテストキッチンである。そして今ミチカは、窓を覆ったブラインドの隙間から、ポケットパークを見下ろしていた。

テーゲー大に通っていた当時は普通と思っていたことが、実はヘンだったのか……と、今になって気づくことがある。具体的にどういうところが？　と改めて質問されると応えに窮するのだが、ともかく自分が思い描く美を、真摯に独自の考えで追求している者たちが集う場所だった。結果、外部の人の目から見たらヘンに映るのでしょうね、というしかない。

皆一様にトガっていた。日本画科や油画科、彫刻科のように個人で制作を行う学生はライバル意識が強く、ぎすぎすした関係も多い。そうした中、ミチカがＣＧデザインを学ぶために入った最先端表現芸術科は、後発であり異端であった。なにをもって異端かといえば、育成するのはアーティストばかりではないという、学科設立の概念による。これまでのテーゲー大生が選んできた進路にとどまらず、最先端表現芸術科の学生は、インディペンデントな起業家、あるいは組織の一員として、ファシリテーター、プロデューサー、編集者など、さまざまな領域で活躍する人材に育てる、というものだった。そのあたりが、伝統系学科の学生から〝先っちょ〟と揶揄されるゆえんでもあった。

センター試験と専門的な実技試験の難関を突破して入る国立大学にもかかわらず、俗世間の出世には無関心で、「食えない」とぼやきつつアートを突き詰める――それこそがテーゲー大生であると、〝先っちょ〟学科に籍を置くミチカは、伝統系学科の学生に強い興味というか、憧れに近い感情を抱いていた。もともとが異世界の住人になりたくて入ったテーゲー大である。

五浪、六浪は当たり前。かつてはチョー狭き門だったテーゲー大も、少子化の影響で受験者数は減っている。とはいえ奇跡的に現役合格を果たしたミチカなのに、入学してみれば〝先っちょ〟ゆえの劣等感にさいなまれることになったのである。自由体験ができる一～二年生の間、金属を打って鍛え、板や線、立体形状に延ばしてものをつくる鍛金を選択したのも、実はそこに端を発していた。工芸は制作で協力することも多く、比較的仲がいいと耳にしたからだ。もしかしたら、伝統系学生とお近づきになれるかもしれない。

そこで、水島諒太朗と出会った。三浪で工芸科鍛金専攻に入った諒太朗もまた、伝統系学科の学生らしくトガっていた。常にサングラスを掛け、長髪にひげ面でロックミュージシャンみたいだった。ミチカは不忍池が見えるアパートでひとり暮らしをしていたが、そこに諒太朗が入りびたるようになるまで時間はかからなかった。

トガっていた諒太朗は、一方で俗世に対して淡白ではなかった。自らの権利と利益の追求に興味を抱く現代の価値観に従って生きてもいた。だから三年になると、世間的な学生と同じく就職活動もきちんと始めた。長髪を切り落とし、ひげを剃り、サングラスを外してこざっぱりとした諒太朗は、見かけがいいだけでネタの切れ味がイマイチな、腑抜けたお笑い芸人のようになってしまった。それでも変わらず、ミチカは彼を愛し続けた。なにより彼は色白だったから、ロックミュージシャン風だった頃も野性味に欠けていた。むしろ、スタイルとしては無理がなくなったといえよう。一部の女性は保護欲をいっそうかき立てられもするし……そう、自分のように。

そして今も相変わらずの見かけのよさで、諒太朗はてんぐ橋道具街のポケットパークにたたずんでいた。

ミチカはため息をつく。その時、階段を上がってくる足音が聞こえたかと思うと、背後のドアがノックされた。

「はい」

と返事したら、ユイが入ってきた。そして、ずかずかと自分の隣にやってきて、指でブラインドの隙間を押し広げると下を見やる。

「ふーん、あんた面食いだったんだね」

とユイがからかい半分なもの言いをした。

「あの男が、〝口にするのもバカバカしい、くだらないこと〟なんでしょ?」

「どうしてそうなるの？」

「この界隈で見かけない若い男がタクミ屋の前にじっと立ってりゃ、ミチカと訳ありに決まってるじゃない。それとも陽子社長がかわいがってる男子？　まさかクマさんの……」

「ユイのカレ氏さんかもしれないでしょ」

彼女が面白くもなさそうに口の端で笑う。

それでミチカは、「分かった」と観念した。そして窓辺から離れ、調理台の横でユイと向き合う。

「在学中、あたしはＷｅｂデザインの仕事を始めた。パソコン一台でできる仕事だったし、学んだことが活かせる。いわば、実習のつもりだった——そこまでは、前にも話したよね？」

ユイが頷いた。

「面白半分で、アイツも仕事を手伝うようになったんだ」

競合業者はたくさんあったが、保険外診療のクリニックに営業をかけ、広告をつくったりして、わりとうまくいった。その種の美容外科や審美《しんび》歯科は予算が潤沢だった。

営業先に着目したのはミチカである。

「あんた商才があるんだね」

「そんなものないこと、ユイも分かってるでしょ。まぐれ当たり」

諒太朗もミチカも、行けるとこまで行ければいいかのテーゲー大精神で、就職活動をやめビジネスに専念した。諒太朗が専攻していた鍛金は製造業に似ている。彼は感性のみに頼った制作方法をとらず、パソコンでじっくり設計するタイプだったからWebデザインにも柔軟に対応できた。最初はミチカのアパートを仕事場にしていたが、秋葉原にオフィスを借りることにした。それを決めたのは諒太朗だ。俗世での自らの権利と利益の追求のため、あっさりと芸術を捨てることができる彼は、ヤマっけも持ち合わせていた。「インディペンデントな起業家になることが、〝先っちょ〟の本分だろ」と諒太朗に乗せられ、「だよね」と言ってしまえる勢いが、卒業して一年目までははあった。

人手が必要だったので、水道橋女子大《すいどうばしじょしだい》の学生バイトを雇った。思えば、そこがあの仕事の頂点だったかも、だ。保険適用外クリニックという鉱脈を嗅ぎつけた大手広告代理店が採掘を始めたのだ。競合していくうちに価格の引き下げという消耗戦に突入していった。そうなると、自分たちのような個人事務所はひとたまりもない。だが、諒太朗は強気だった。彼は、女子大生バイトの手前、どこまでもいいカッコを続けたかったのだ。

ユイがはっとしたように、「デキちゃったっていうの、彼とその子？」と言って、こちらに目を向ける。

「うん。かわいい子なんだ、彼女がまた」

ミチカはできる限りのあっさりさで応えた。そして、「よくある話だよね」とあくまで素っ気ない調子で呟く。

「それで、あんた、てんぐ橋に帰ってきたんだ」

「あたしは、あのふたりにとって、消えるのを待たれてる固形燃料みたいなもんだったから」

当時そんな気持ちで、スキップされるだけのポップアップ広告をつくっていた。あのふたりと一緒にいるオフィスで。そしてある日、耐えられなくなって、自分の憂鬱をスキップすることにした。事務所の経営も、家賃に困るくらいで泥舟同然だった。

自分はすべてから逃げだしてきたのだ。

ユイが小さくため息をついた。

「自分の破れた恋バナまで固形燃料にたとえるなんて、あんた本物の料理道具屋になったね」

とヘンなほめ方をされる。

「だけど、いつまで逃げ回ってる気？」

ユイにそう言われたら、むっと来た。

「逃げる？　あたしが？」

「そうじゃないの？」

「冗談じゃない！　フラれたのはあたしのほうなんだよ。なんで逃げ回る必要が――」

「じゃ、どうして会おうとしないわけ？」

どうしてって……。ミチカは再び窓辺に近づいていく。そして、ブラインドの羽根《スラット》を動かして目隠しを開けた。室内の灯りが外に一挙にあふれ、闇の中に白いものがちらついているのが目に映った。

「雪……」

という言葉が口をついて出る。隣にユイもやってきた。

「いないね」

彼女が言う。そう、ポケットパークに諒太朗の姿はなかった。

「雪とか降ってくると、すぐに帰っちゃうやつなんだよね」

とミチカは言った。その雪は、ミチカの身体の中に音もなく積もっていく。

十二月にしては珍しい大雪は、明け方まで降り続いた。そうして再び諒太朗がポケットパークに現れたのは二日後で、近所の子どもたちがつくった雪だるまの隣に立っていた。雪だるまの顔は、すでに泣きそうに溶けかけている。

午後二時過ぎ、彼の姿に気がついたミチカは止めようとする熊ヶ谷を振り切り、そちらに向かって横断歩道を渡った。ユイから言われた〝逃げ回ってる〟の一語がそうさせていた。

近くで見る諒太朗は、相変わらずのっぺりとしたイケメンだった。

「髪形変えたんだな」

ゆっくりと彼が言う。

「うん」

諒太朗と別れたあと、失恋で失った自信をほかの恋愛で埋めようとする自分を見つけ、惨めで恥ずかしくなったのだ。それに、どうせ誰かと付き合ったとしたって、諒太朗と比べてしまうだろう。それで、長かった髪をばっさり切って、禊《みそぎ》の時間を持つことにした。ボーイッシュショートにした髪は、あれから八ヵ月余りが経って、ずいぶんと伸びたのだけれど。

「実家の仕事を手伝ってるって」

「そう」

「どんなことするんだ？」

「超粗挽きのペッパーミルが欲しいってイタリア料理店のシェフからリクエストがあ

って、それがどうしても見つからないで途方に暮れてる……そんなようなことばかり。リョウちゃんは？」

「相変わらずだよ」

そう言って、困ったような笑顔を見せた。ファストファッションブランドのダウンジャケットとダメージ加工したストレッチデニム、履き古したスニーカーという彼は、それなりに魅力的だ。だが、羽振りがよさそうには到底見えない。

「なあミチカ、帰ってきてくれないかな」

いきなりそういうことを気構えずに口にする。彼の言葉が、白い息となってまあるく耳もとにたどり着いた。この人は、缶詰のミカンのような人だ。ひたすら甘いだけで、酸っぱくない人。

「フラれたよ」

「あの子に？」

「ああ」

〝別れた〟ではなく〝フラれた〟という素直さが彼らしかった。

「仕事もうまくいってないんだ」

ミチカは黙っていた。

「だから……帰ってきてくれないかな」

今度はすがるように懇願する。

「無理」

自分でも意外なくらい無慈悲に、ひと言で拒絶した。

諒太朗のほうも、「だよな」と拍子抜けするほど諦めがよかった。そんなへなちょこなやつなんだ。こうして何度も店にまでやってきて、しつこくつけ回してるかと思えば、信じられないくらい淡泊だ。もっと意地を見せろよ！　悪あがきしろよ！

「ねえ、大きな借金とかつくる前にやめたほうがいいよ、あの仕事」

「だよな」

と、諒太朗がもう一度繰り返した。そこで、ふと思い出したように彼が言う。

「さっき、ペッパーミルがどうしても見つからないで途方に暮れてるって、言ってたよな？　確か、超粗挽きができるペッパーミルとかって……」

「うん。なんか当てがあるの？」

「いや」と首を振った。「だけど、ないのなら自分でつくるっていう手はないかな」

ミチカは、大洞が「なければ、つくるってこともあり得るわい」と口にしていたのを思い出す。

「鍛金の制作は、道具があれこれ必要だろ？　大学の紹介で中小の町工場に行くことがあったんだ。その中に、ものすごく腕のいい板金屋さんがいた。年配の夫婦とネコと三人でやってる板金屋さんだ。もっとも〝齢だし、いいかげん仕事をやめたい〟って、いつもぼやいてたけど」

「夫婦とネコの三人？」

諒太朗が頷いた。

「あとで、連絡先をメールするよ。つくりたいものをラフ画やスケッチで渡せばそこから図面を起こして、金属板材の切断、穴あけ、曲げ、溶接まで全部やってしまう。オリジナルのペッパーミルをつくってミチカの実家の店で製造販売すれば、立派なメーカーだ。なんなら、俺が協力してもいい」

依存心が強いわりにヤマっけがあるのが諒太朗だ。

「その工場の連絡先だけメールで教えて」

ぴしゃりと告げたら、気まずそうに三度目の、「だよな」を口にした。

「ねえ、卒業制作の自画像覚えてる？」

とミチカは言ってみた。

「うん」

テーゲー大では、卒業制作に自画像を制作する伝統がある。工芸科鍛金専攻だった諒太朗は、鍛金の道具の金槌《かなづち》とアテガネをシンボルマークに構成して、鉄で巨大なオブジェをつくった。アテガネとは丸みがあったり、筒状だったり、さまざまな形があって、そこに金属板を載せ、カナヅチで叩いてアールをかたどっていく。諒太朗は、自画像となる胸像の頭に百種類以上のアテガネを角のように生やしたものを提出した。

「大きすぎて、却下されそうになったけどな」

作品は大学が買い上げて保管する。諒太朗の自画像は彼の背よりも大きかった。

「背伸びしてる大きさに意味があるんだって、強引に引き取ってもらったけど」

翌年からは五三〇ミリ×四五五ミリのF10号サイズに収まるもの、と限定されるようになった。

「ある意味すごいよね、リョウちゃんはテーゲー大に新ルールをつくらせちゃったんだから」

するとと、彼がはにかんだように笑った。

――「じゃ、どうして会おうとしないわけ?」とユイに言われた。どうしてって……。

「じゃ、俺、行くわ」

ポケットパークを出る諒太朗の背中に向けて、「もう鍛金はしないの?」と声をかける。

「制作か……。無一文になってやり直すわけだし、いいかもな」

しまった、よけいなこと言って焚きつけてしまったとしたらどうしよう。

彼は振り返らず、ひょいと手を上げると、雪の残るてんぐ橋道具街を去っていった。リョウちゃん、後ろから黙ってあたしを抱きしめて、深呼吸してから「好きだ」って言ってくれたよね。「髪がいい匂いだ」って。

ミチカは雲ひとつない青空を振り仰ぐと目を閉じた。空は、これでもかというほど青かった。まぶたを閉じても、その青が目じりに沁みるようだ。

――冬空ってこんなに青かったかな。

ミチカの自画像は、CGで描いた土鍋だった。グレーの下地に白い菊の花の模様が描かれた、よく見かける土鍋。珍しくもないデザインだし、中身は空っぽ。けれど、料理だけでなく米だって炊ける潜在能力がある……はず。という自虐と意志（それとも希望？）を込めていた。自画像は一律五千円で大学に買い上げられる。テーゲー大の学生にとっては、それがアーティストとして初めての画工料であり、最後となることが多い。ヨーロッパの画家たちはよく自画像を描いている。十一月から三月までのヨーロッパは、冬の暗さに包まれる。日照時間が短く、毎日、曇り空で陽が射さない日が続く。パリですら年によっては、ひと月の三週間が雨の時もある。自然と、人は室内にいて自分に向き合う時間が多くなるのだろう。テーゲー大の卒業制作は、締め切りの都合上、夏に行うことになる。酷暑を避けるためカーテンを閉ざし、エアコンをつけっぱなしにしたアパートの一室で、Ｗｅｂデザインの仕事の合間に自分の顔を探していたのを思い出す。

肩をぽんと叩かれ、振り向くとユイが立っていた。

「そんな恰好でいつまでも外にいると、風邪ひくよ」

ミチカは蝶ネクタイをしたシャツとエプロンというタクミ屋のユニフォーム姿で店から出てきて、上着を羽織っていない。

「そうだね」

とほほ笑みつつ返す。

ユイが、ミチカの顔を真っ直ぐに見つめてきた。

「大丈夫、あんたはもう彼を追いかけたりしないから」

「え？」

「終わったんだね」

と彼女が言った。

「うん、終わった」と応えたあとで、「まったく、へなちょこな男ばっかで、やんなっちゃう」と大げさに肩をすくめた。

「ほかにもいるの、へなちょこが？」

「ツムラだよ」

と照れもあって、高校時代のクラスメートの津村には悪いが話題をすり替えさせてもらう。

「あいつ、会社で挫折して引きこもってるみたい」

「あのツムラがねえ」

ふたりでそんな会話を交わしつつ、それぞれの店に向かって横断歩道を渡った。

3

諒太朗がメールで伝えてきた板金工場──源田製作所《げんだせいさくしょ》を訪ねることにする。かつてトガっていたテーゲー大生のアドバイスで、とんがり顔の城之内シェフが所望するペッパーミルの製造にチャレンジしようというわけだ。

源田製作所は、墨田区の吾嬬町《あずまちょう》にある。都営地下鉄と相互乗り入れしている私鉄電車を降りると、土手上の吾嬬駅のホームから一級河川、荒川がすぐ眼前に見渡せた。

吾嬬町は中小の製造業者が集まる工場街だ。茶色や水色、グレーのトタン屋根がパッチワークのように続いている。土手下の通りから路地に入り、メールの住所に立ったミチカは目を疑った。そこは焼け跡だった。

「すみません、ここって源田製作所さんでは……？」

すっかりうろたえてしまい、近くを通りかかった主婦らしい女性に声をかけたが、分からないという。同じ製造業の人なら知っているかもしれないと、並びにある小さな町工場に飛び込んだ。

「源田さんなら焼け出されて、仮工場にいるよ」

時々同じことを尋ねられるようで、作業服姿の男性が慣れた感じで住所と道順を教えてくれる。

源田製作所の仮工場まではすぐだった。もっとも看板は出ていない。薄汚れた小屋のような建物で、本当に操業している工場なのか疑わしかった。

「ごめんください」

と何度か声をかけたが返答がないので、引き戸を開ける。すると、年配の男女が入り口に背を向けて機械作業をしていた。ふたりは気づかないが、丸椅子に座っていた白い猫が、すっくと立ち上がった。そして、椅子からすとんと降り、女性の足もとまで歩いていって、ミャウと鳴いた。

こちらに振り返った女性に向け、ちょこんと頭を下げる。

「あのう、以前、源田製作所さんにお世話になったことのある水島から聞いてやってきたのですが」

機械の音で聞こえないらしく、女性が近づいてきた。六十代半ばくらいだろうか。太った身体を汚れた水色のスモックで包み、メガネを掛けている。

「あの、帝都藝術大学の水島から聞いてきました」

すると、彼女もぴんときたらしい。

「ああ、芸術家の学生さんの――」

「ええ、はい、そうです!」

ふたりして大声で言葉を交わし合う。

彼女が、薄くなった白髪頭の男性のところに行ってなにか言うと、彼が機械を止めた。


今、源田とミチカは椅子に座って向き合っていた。源田はさっきまで猫が乗っていた丸椅子に腰を下ろし、源田の奥さんがミチカのために、たたんで壁に寄せかけてあったパイプ椅子を出してきてくれたのだ。

「その日はね、やけに暑いなって思いながら仕事してたんだよね。十月だっていうのにさ」

源田がぽつりぽつりと語り始めた。

「で、ふいっと見たら、びっくりしたさあ、工場の壁がめらめら燃えていくんだもんねえ。すぐに〝火事だー!!〟って声が聞こえてね」

火元は隣の住宅建設現場だった。飼い猫のラムネだけを抱えて奥さんとふたり外に飛び出すと、あとは燃え広がる炎が自分たち夫婦の工場を包むのを呆然と眺めるしかなかった。

着の身着のままで住むところがなくなった源田夫妻を見かねた近所の不動産屋が、閉鎖した町工場を紹介してくれた。古い工作機械がそのまま残されているのは渡りに船だった。今は、この工場の奥に住んでいる。

「だけど、あれ以来、俺っちはやる気が出なくてね。火事の前から引き受けてて、納品遅れの分だけこうしてやってるけど」

「あんたったら、またそんなこと言って」

奥さんが盆に載せてきた湯呑みをふたつ、傍らの作業台に置いた。

「どうぞ」

と菓子鉢も茶の横に置く。

火元の建設現場を取り仕切っていた住宅会社が倒産して、いっさい賠償されないという追い討ちを受けた。だが、幸い火災保険には加入していたから、全焼補償は受けられるそうだ。

「見たとおり齢でしょ」

と源田が力ない笑みを浮かべる。

「前から工場を閉めようか、ってこいつには話してたんで、ちょうど潮時かなってね」

源田が作業台の菓子鉢からかりんとうを摘まむと、足もとにいる猫に与えた。ラムネはコリコリと音をたててかりんとうを食べていた。

「工場は二階が住居だったんで、なにもかも全部が燃えちまった。それを思うと仕事が手につかなくってさ。火事場の処理もしなけりゃいけないんだけど……」

そこで源田が思い出したようにミチカを見る。

「ところで、今日はどんなご用件で？」

かなり言いにくくなってしまったのだが、「実は仕事をお願いしたくてきました」と切り出した。そして、超粗挽きペッパーミルの話をしたが、やはり好ましい返事はもらえないままに工場をあとにすることになった。

駅に向かって歩き出すと、「タクミ屋さん」と呼び止められる。振り返ったら、源田の奥さんと、その隣にラムネがいた。

「うちの人、腕がいいんで仕事の注文はまだあるんですよ。〝齢だからやめたい〟は口癖なんです。ただ、今度のもらい火ですっかり無気力になっちゃってるみたいで」

こめかみの白くなったほつれ毛に手をやる。

「家財が全部燃えちゃったでしょ。なにもかも不安だらけ。でも、住むとこなんてどこでもいいの。うちは子のない夫婦でね、だけど、あの人と一緒にこつこつモノづくりをしてこれて楽しかった」

メガネの丸いレンズの向こうで、うるんだ目が光っていた。

「仕事しかない人なんですよ、あの人。そんな人が仕事をやめちゃったら……」

ミチカに向かって深々と頭を下げる。

「どうかお願いです。あの人のやる気を取り戻させてやってください」

「こちらこそ」

とミチカもお辞儀した。ミョウという声に目を向けたら、奥さんの足の横にいるラムネがこちらを見ている。確かに夫婦と猫と三人でやっている工場なんだ。

閉店後、ミチカはテストキッチンでさまざまなペッパーミルを試すようになった。

「まずデザインは、くびれタイプのオールステンレス製がいいだろうな」

とひとり呟く。トラッドな木製も重厚でいいけれど、オールステンレス製は店でのパフォーマンスの際、照明を受けて輝くのがアトラクティブでカッケー。もちろん、つくる以上は、イル・ジョーだけに使ってもらうつもりはない。パフォーマンス向けに限らず、厨房で用いられることを考慮しても、油汚れに強いオールステンレス製のほうが使い勝手がいいに決まっている。

さて、問題は粗挽きにする仕組みだ。指に触れる金属の冷たさに、クリスマス寒波の襲来を感じる。ミチカは数種類のペッパーミルの挽き加減を調節し、段階ごとにコショウの状況をつぶさに確認した。たとえばスープには、コショウを溶けやすくするために細かく挽く必要がある。この場合、ペッパーミルの歯でコショウ粒をすりつぶすような状態になる。肉に味つけする場合なら、歯ごたえを感じる粗目がいい。この場合の歯は、粒コショウを捉えて砕いている。

　だが、目指している超粗挽きは、すりつぶすのはもちろん、砕くのでも実現できない。

「うん？」

　コショウを挽いているうちに、ミチカはあることに気づく。

「なんだろう、このにおいは？」

　かすかに、本当にかすかにだけれど、コショウにほかのにおいが感じられる。

「！」

　金属臭だ。このペッパーミルの歯は鋳鉄《ちゅうてつ》。切れ味はいいが、金属臭がつく。それに、使っているうちに錆びることも考えられた。

　今度は錆びないステンレス歯のペッパーミルで挽いてみる。コショウのにおいをかぐと――不思議だ。今度は金属臭はしないが、なにか物足りない。そう、食欲をそそるような香り高さに欠ける……。

分かった！ 熱だ!! 挽く時に摩擦熱が発生しているんだ。熱が加わると、香りは逃げてしまう。

これらの問題を解消しつつ、超粗挽きのペッパーミルにするにはどうしたらいいんだろう？ どうしたら……。


次の金曜はその年最後のタクミ屋の定休日で、再び源田製作所を訪れる。

「なんだ、また、あんたか」

源田は気のない表情だったが、奥さんのほうはにこにこと迎え入れてくれた。

「うちは今日が、今年の仕事納めなんですよ」

ラムネがミチカの脚に擦り寄ってくる。ジーンズのふくらはぎに温もりを感じた。あんたも歓待してくれてるんだね。しゃがんで、ラムネの顎の下を指先で撫でてやる。そして、再び立ち上がった。

「こういうものがつくれないでしょうか」

ミチカが広げた紙には、ペッパーミルのラフ画が描かれている。くびれタイプの形状で、それを矢印で指し示して〔ステンレス製〕と書いてある。肝心のコショウを挽くメカニズムは、店にある商品を幾つか分解して、それを応用してイラストにした。

「あんたが描いたのかい？」

源田が渋々眺めていた。しかし、横から覗き込んでいる奥さんは興味津々といった表情だ。腕にラムネを抱っこしていた。それは、まるでラムネにも図面を見せているかのようだった。

「なんだいこりゃあ？」

「ペッパーミルです。ヘタな絵ですみません」

「コショウ挽きか。料理道具ってわけだな」

「はい」

だが源田は、「こういうのは、大《お》っきいメーカーが大量生産してんだろ」と言って、すぐに興味なさそうに向こうに行ってしまう。

「このコショウ粒を挽く部分なんだけどね」

と注目したのは奥さんのほうだった。

「この形は歯っていうよりも、刃だね。えっとさ、すりつぶしたり、砕いたりの歯じゃなくて、切るための刃っていう意味なんだけど」

それを聞いてミチカは目を輝かせる。

「そうなんです、奥さん！ まさに刃なんです。これは超粗挽き用のペッパーミルで、そのためには、コショウ粒を切り刻む必要があると考えたんです」

そんなやり取りをしていると、源田がこちらを気にし始めた様子が感じ取れた。すると奥さんが、「なるほど！　切り刻む、ねえ!!」と、源田をじりじりさせるように、わざと大袈裟に反応する。

ちらりと見やったら、源田は機械に油をさしたりしながらも、首がこちらに向かって伸びているみたいだ。そこでミチカも、さらに刺激するように、「こういう刃って、どんな素材がいいんでしょうね!?」と大きな声で言ってみる。

「そうだねえ」

と奥さんがにやにやしながら、「ステンレスなんてどうかねえ？」と面白そうにミチカの顔を覗き込んできた。

「でも金属だと、摩擦熱でコショウの香りが飛んじゃうんです。このペッパーミルは、その辺りにも対応したいと考えてます」

もはやミチカは源田に向かって話していた。

「プロの料理人や料理教室、一般ユーザーの中でもこだわりのお客さま向けに少量を生産することになります。しかも、面倒な仕事になりそうなんです」

「一ロット少量生産で面倒な仕事っつったら、できるとこは限られてるぞ」

とすぐ横で声がした。顔を向けると、いつの間にか源田が隣に来て図面を覗き込んでいた。

「まあ、やれるのは俺っちのとこくらいだろうな。俺っちにとっちゃあ〝面白い〟が、よそでは〝しち面倒臭い〟になっちまうんだからよ」

　ぽりぽりと、油染みた指で顎の先を掻いていた。

「それなら、源田さん――」

「分かった！　やるよ！　やる！」

「ありがとうございます」

　頭を下げ、顔を上げる時にラムネを抱いた奥さんの笑顔と目が合う。ラムネも笑っているように見えるから不思議だ。

「この刃なんだが、セラミックでつくろうと思う。セラミックなら摩擦熱も生じにくいぞ」

　源田の提案に、ミチカは迷いがあった。

「セラミックスは包丁でも定番になりつつあります。でも包丁の場合、切れ味が今ひとつだったり刃が欠けやすいこともあり、お客さまにあまりお薦めしていませんでした」

　すると源田が鋭い視線を投げてくる。

「セラミックスは焼き物だからな。焼き上がりを想定して成形しても、同じ品質でつくるのは確かに難しい。成形が少しでも崩れると、気泡が入って、変形したり欠けやすくなるんだ。ただし、俺っちんとこが取り引きしてるセラミックス屋の刃は、品質のばらつきがまるでない」

そう断言したあとで、「ただし、それなりにコレもかかるがな」と、親指と人さし指で円をつくる。価格も高いぞと言いたいのだ。

「いいと思います」

ミチカが返事したら、源田が頷いた。

「刃だけじゃない。そこにある機械を見てみな」

黒光りした金属の機械が置かれている。古いが、よく手入れされているようだ。

「フットプレス機ってぇんだ。まあ、昔の職人は〝蹴っ飛ばし〟って呼んでるがな。足でペダルを踏んで操作するから、そんな呼び名が付いた。量産マシンでは、製品の難しい微調整ができねえ。だが、こいつならできる。ったって、誰にでもおいそれと扱えるシロモノじゃあねえがな。ほぼ手づくり品になるから、工料《こうりよう》もかかるよ」

「もちろんです」

とミチカは言う。

「超粗挽きペッパーミルの定価は高く設定しようと考えてます。それでも、充分に需要が見込める商品だと確信してます」

源田が今度は力強く頷いた。

「ステンレスのボディにローマ字で〔TAKUMIYA〕って刻印を入れようや。お宅のロゴマークだ。タクミ屋さんもメーカーの仲間入りだな」

メーカー――うちが！

「よし、こいつを、年明けの初仕事にするとしよう」

そう言う源田を、奥さんが眩しそうに見つめていた。

4

ユイとミチカの前にカチョ・エ・ペペの皿が置かれた。城之内が携えてきたペッパーミルを宙に投げ上げる。イル・ジョーのシャレた間接照明にオールステンレスのボディが一瞬きらめいた。そこには〔TAKUMIYA〕の刻印が入っている。シェフがペッパーミルをつかみ取ると、素早く両手でひねってコショウを挽いた。さわやかな香りが鼻先をかすめ、パスタの上に超粗挽きの黒コショウが散った。

「おいしー！」

ふたり同時の歓声に、城之内が満足げな笑みを浮かべる。

「今夜は、ワインも料理も店からのご招待でございます。ほんのお礼の印です」

そう彼が言い残し去っていく。

ユイとミチカは笑みを交わし合うと、コショウのガリリとした歯ざわりと辛さを楽しんだ。

「元カレから連絡はまだあるの?」

とユイに訊かれ、「それがね」とミチカは言った。

諒太朗から長文のメールが入った。一念発起して、バイトしながらでも鍛造での制作を再開する決心をしたという。それには、まず工房が必要だと考えた。

「工房って、どうしてそうなるわけ?」

ユイが呆れ顔になる。

「形から入るタイプなの。Webの仕事してた時も事務所を持つことにこだわってたし」

ミチカはそう解説する。

鍛造の工房となるとある程度の広さが必要だ。そこで家賃の安い田舎町へ片っ端からレンタカーを走らせ、家作《かさく》を持っていそうな相手を一軒一軒当たっていった。すると、三百坪くらいの家……というより廃屋を、一ヵ月三万円で借りることで話がまとまる。とりあえず学生時代から持っていた道具を運び込んで、バイトでも探そうと大家のところに相談に行った。大家はかつての庄屋で、広い庭のある屋敷に住んでいる。それなら、ちょっとした力仕事や庭の手入れを手伝ってくれないかと頼まれた。

「大家さんて、母と娘のふたり暮らしで、男手がなくて困ってたんだってさ」

すると、ユイがワインを噴き出しそうになった。

「それって!?」

「ほら、あいつって見かけはいいじゃない。自称芸術家だし。若いお嬢さんにすっかり気に入られちゃったみたい」

「いくらでも甘やかされるようにできてるみたいだね、あんたの元カレの人生は」

「最近、姿を見せないね」

陽が落ちて、閉店の片付けをしていると陽子に言われる。

「店の周りをうろちょろしてたの、あれ、あんたの昔の男なんだろ？」

「気がついてたんだ」

「なかなかイイ男じゃないの」

「顔だけはね」

テーゲー大に進学したいと母に告げた時、娘が浮世離れしたゲージッ家になろうとしてるんだと戸惑っていた。ミチカのほうは、てんぐ橋道具街を出て異世界の住人になるんだと決意していた。それこそ浮世離れしたゲージッ家になってやろう、と。そして、できたら熱い恋をしてやろう、と。できたよね……恋が。

シャッターを下ろしに外に出ると、津村が通りかかる。

「あれ？」

津村は無精ひげを剃り、スーツ姿でビジネスバッグを提げていた。

「面接受けてきたんだ」

そして語り始める。津村は大学の商学部を卒業すると、証券会社に就職した。証券会社の営業は厳しい。努力すれば営業成績は上がり、怠ればてきめんに下がる。津村は、真夏にもスーツを着込み汗びっしょりで営業に駆け回る先輩社員らの姿を見て、臆する気持ちがあった。

「戦う前から、どこかに負け犬根性を抱えてたんだよな」

このままではいけない！　証券マン一年目の冬を迎えた津村は奮起した。いくら寒くても、コートと手袋なしで飛び回った。

「コートを脱ぎ、手袋を取り、ってしていたら、営業先に入るのに時間がかかるだろ。そうしているうちに意欲も挫ける。必要なのは、〝今この瞬間、自分ほど頑張っている証券マンはいない！〟という強い意識を持つことなんだよな」

「それで、寒いのに、今日もコートを着てないの？」

「ああ、癖になっちゃったかな」

証券マン津村は変わった。真夏は、脱いだワイシャツを絞ると汗がしたたり落ちた。結果は営業成績になって表れる。毎月支店表彰を受けるようになり、ついには関東ブロックでも表彰された。

「だけど、それがなんだって思うようになっちゃってな。勝ち続けることができないのが株。損をさせた客の魚屋に出刃包丁突きつけられたり、会社から追加担保取ってくるように言われて、客が経営する飲み屋の前に一日中張り付いてるようなことが嫌になった。どうせ汗をかくなら、本当に人のためになる仕事がしたいって証券会社を辞めた」

「自信失くして会社を辞めたんじゃなかったんだね」

ミチカが言ったら、不思議そうにこちらを見た。そのあとで、「介護の仕事に就くことにしたよ。分かりやす過ぎるかな？」と照れて笑う。

「ううん」

と首を振った。

「だけどさ、そういう分かりやすい仕事が心底したくなった」

ミチカは今度は黙って頷く。

「それにな、飛び込み営業や電話アポの仕事なんて廃《すた》れていく。一方で介護ビジネスはますます重要度を増す」

またミチカは頷いた。

「で、まずは勉強して介護職員初任者研修って資格を取った。仕事として選んだ以上、今後のキャリアパスも考えんとな。これからも資格はなるったけ多く取得してくつもりだ。そのほうが、現場でものも言えるようになるだろ」

ただ家に引きこもってたんじゃなかったんだ……。

「それじゃあな」

と立ち去ろうとする彼を、「ツムラ」と呼び止める。

「うん？」

「ごめん」

「なんだよ？」

「あたし、謝らなくっちゃって」

津村は首を傾げてから、「あのスプーンなら、いい味だぞ」ひょいと手を上げると、陽が落ちてひっそりとしたてんぐ橋道具街を去っていった。あの日の諒太朗のように……。よそう、あいつと比べるのは。

いい味のスプーンか、面白いことを言うと思った。そう感じるのは、自分が料理道具屋だからだろう。

第六章　お弁当

1

「おう、ミチカ」

と、いつものように横柄に、けれど小声でささやきかけてきたのは白衣姿の亀安だった。

「なんでしょう？」

元気よく返したら、「しっ」と彼が口の前に人差し指を立ててみせた。そして、さまざまな料理道具が所狭しと並んだ店内の斜め向こうを、目だけを動かして見やる。

ミチカもちらりと視線を送ると、そこには陽子がいて接客していた。

「いいか」

亀安が相変わらず低い声のままで言う。

「今夜、店を閉めたらうちに来い」

「それって、亀安さんに伺うってことですか？」

今度はミチカも声を低くして訊いていた。亀安が無言で頷くと、なにも買い物せずに出ていった。

走り去る亀安のバイクの音を耳にしながら、どうやら彼は今のことを伝えるためだけにわざわざタクミ屋にやってきたのだ、と理解した。

「あの、すみません」

と続いて呼ばれた相手は——もちろん普通のトーンの声音である——辻本《つじもと》だった。

「こんにちは」

と馴染み客の彼に向けてミチカは挨拶する。

「あの、ミチカさん、しゃぶしゃぶ鍋ってありますか？」

五十代の辻本は薄毛で、そのわりに眉が太く、ふたつに割れた顎のひげ剃り跡が濃い。肩幅が狭く、下腹が出ていた。水色のシャツにピンクのカーディガンといった明るい装いをしているが、似合っているとはいえない。それどころか、さえない風采がよけいに際立ってしまっている。

「大きさが違うのが、幾つかございますよ」

とミチカは案内する。

「これがいい」

辻本は一番大きなしゃぶしゃぶ鍋を手にした。

「またお客さまを招かれるんですか？」

そう尋ねたら、「ええ」と彼が嬉しそうに応えた。風采は上がらないが、辻本は土地持ちである。亡くなった親からアパートやマンションを引き継いで、暮らしに不自由はない。広い庭のある屋敷に人を呼んで、バーベキューパーティーをしたり、鍋パーティーをしたりして楽しんでいるようだ。

その晩、ミチカは浅草観音裏の亀安を訪ねた。陽子には、「ユイと飲みに行くから食事はいらない」と伝えておいた。昼間タクミ屋に来た亀安の視線の先には陽子の姿があった。どうやら母に関係した話があるのだろうと考え、ひとりで亀安に行くと言わなかったのだ。

「昨日、陽子ちゃんがここに来たんだよ」

と厨房にいる亀安が、ミチカの顔を見るなり言った。魚をさばいたり、油を使う厨房だが、常に磨き上げられていて気持ちがいい。

カウンター席に腰を下ろすとミチカは、「母はひとりで来たんですか？」と訊く。清潔そのもののカウンターには、醬油さしと楊枝立てが行儀よく並んでいる。そのカウンターに通《とお》しの小鉢を置きながら、亀安が続ける。

「連れがいたよ。男だ」

「男？」

するとアルバイトの中瓶のビールを運んできた早千恵が、「そんな意味ありげな言い方しないの」と夫をたしなめる。

「まあ、そうだな」

恋女房の言葉に、亀安が照れ笑いを浮かべた。

ミチカは、母が〝男と一緒だった〟ということが気になって仕方がない。

「陽子ちゃんが一緒だったのは、徹《とおる》さんだよ」

「え!?」

ミチカはさらに驚いてしまう。

「そう、あんたの親父さんだ」

早千恵が、いつものようにビールの最初の一杯を小振りなコップにそそいでくれる。ミチカは気を落ち着けるために、ひと口飲んだ。通しの小鉢は、走りの空豆である。

また春が巡ってきたのだ。ミチカがてんぐ橋に戻ってから一年が経つ。

「わたしは反対したのよ」と早千恵が言う。

「ミチカちゃんにそんなことをわざわざ伝えるなんて、出過ぎたことだって」

それに対して亀安が、「いやな」と弁解する。「徹さんが陽子ちゃんにカネの無心をしにきたんじゃねえかって――よけいなこととは思ったんだけど、一応ミチカにも知らせときたかったんだ。心配なんだ俺は、陽子ちゃんのことがさ」

陽子に言わせれば亀安は「小学校時代あの人、わたしのこと好きだったのよ」なのだそうだから。

婿養子だった徹が家を出たのは、ミチカが中三の時だ。もともとヤマっけのある徹は、タクミ屋でおとなしく働いているだけでは満足できなかったらしい。タコ焼き屋を始めると言いだした。当時、まだ飲食店用品店としてあれもこれも置いていたタクミ屋の店内にあった、タコ焼きマシンに目をつけた。タコ焼きといえば、何年も修業しないときれいな丸に焼くことはできない。プロの技が必要だ。しかし、そのタコ焼きマシンは鉄板自体が自動的に回転し、生地と具を入れれば調理機に任せられる。これなら技術はいらないし、客が自分で生地を流し入れたら、あとは見ているだけ。しかも、鉄板の回転の仕方がまるでタコ焼きがダンスでもしているようで、焼き上がるのを待っている間も楽しめるエンターテインメントマシンだ。徹はこのタコ焼きマシンを何台か買い込んで、客が自分で焼くタコ焼き店を開いたのだ。

すると、「タコ焼きが勝手にひっくり返る様子がかわいい」と若い女性を中心に大いにウケた。浮かれた徹は、店舗を増やし、忙しいからと事務所として借りたマンションに寝泊まりするようになった。確かに忙しかったのだろうが、事務員として雇った若い女性と親密になってもいたのだ。

徹は陽子に別れ話を切り出し、陽子のほうも徹を見限った。

しかし、徹の浮かれた生活は長くは続かなかった。そっくりな業態の店も現れ、マシンによるタコ焼きチェーンは徐々に傾き、最近になって潰れたらしいと聞いた。どうやらすべての儲《もう》けを失ったようだ。

「おいミチカ、おまえのケータイの番号教えろ」

と亀安に言われる。

「なんかあった時に、いちいちタクミ屋まで行ってられねえからな」

「え、これから先、なにかあるかもしれないって言うんですか？」

「なけりゃあいいけどよ」

亀安から聞いたことを母に話せないまま数日が経った。そんなある午後、辻本が今度は寸胴鍋を買いにきた。

「カレーをたくさんこしらえようと思って」

「カレーパーティーですか？　いいですね」

ミチカが言ったら、辻本が寂しげな笑みを浮かべた。

「いいのかどうか……」

「え？」

彼がうつむいて首を横に振る。

「こんなことをしてて、なにになるのか……」

「お客さまを呼んで料理を振る舞うことがですか？」

しかし、辻本はそれ以上は語ることなく寸胴鍋を抱えて帰っていった。不可解なままにその後ろ姿を見送ったミチカは、今度は、陽子のほうを見やる。彼女は、金属のフライ返しがほしいという客の案内をしていた。フッ素加工のフライパンが主流になってから、傷がつかないようにフライ返しのヘッドが耐熱性の高いナイロン製になって久しい。しかし、中華鍋の底で焼きそばの麺を焼きつけたり、焼いた麺をひっくり返す時など、金属製のフライ返しが便利な場合もあった。

陽子がちらりとこちらを見返したような気がして、どきりとする。自分たちを捨てた父と、母が会っていたなんて……。その件について陽子はいっさいなにも言ってこないし、自分も話題にしない。

徹がタクミ屋にいた頃、社長はミチカの祖母の朋絵だった。婿養子の徹にしてみれば、その立場に耐えられなかったのか？　しかし、徹と陽子が離婚して間もなく朋絵は病に倒れ、そのまま亡くなった。ミチカが高二の時である。父が家を出なければ、タクミ屋を継げたのに……。いや、徹はきっとそんなものでは満足できないのだ。自分の手でなにかを起こしたい人なのだろう。だったら、なんでタクミ屋の婿養子になったりしたのだ。徹が去ったあと、陽子は苦労した。徹がいたなら、従業員らも店を見放して辞めるようなこともなかったかもしれないじゃないか。……いや、やっぱりそんなことないか。とてもじゃないが、父にはそんな人望などなかった。

それにしても、父はなぜ今さら母に会いにきたのだろう？

商品が並んだ通路の傍らを熊ヶ谷が通りかかった。

「クマさん」

思わず呼び止めてしまう。

「へい」

父と母のことを知っている番頭さんに打ち明けたくなったのだ。

しかし、「ううん、いいです」やはりやめておく。彼にしても、そんなことを相談されたって困るだけだろう。

「へ……へい」

不思議そうに首を傾げ、熊ヶ谷が去っていく。すると今度は、「ミチカ」と声をかけられた。

　ユイが店の中に立っていた。一車線道路を挟んで隣にある野々村サンプルで働く彼女が、タクミ屋にやってくるのは珍しい。なにか相談事があって、ミチカのほうから彼女のところに行くのが普通だった。

「ねえ、今夜ちょっと時間つくれるかな？」

　ユイに訊かれる。

「うん、大丈夫だよ」

　そう応えたら、「じゃ、亀安で」と言い置き、彼女はタクミ屋を出ていった。

　亀安か……と、ミチカは向こうで陳列を直している陽子を再び見やった。

　閉店間際に大口の注文が入って少しバタバタしてしまった。再び亀安の暖簾をくぐったミチカに、「なんだ、おまえ来たのか!?」大将が驚いたように言う。

「え、なんでしょう？」

「留守電聞いてねえのか？」

　急いでジーンズのお尻のポケットからスマホを取り出す。確かに亀安の店の番号で着信記録があった。

「来てるんだよ」

「誰がですか？　ユイとは待ち合わせしてるけど――」

その時、店の奥から男がひとり現れた。どうやら手洗いに行って戻ったらしい。肩まで届く長い髪、レンズの濃いサングラスを掛け、口ひげをたくわえた中年男だった。

その男が、「なんだミチカじゃないか」とのんびり言った。

「お、お父さん……」

ミチカは啞然とした。

2

「だからよ」

と厨房にいる亀安が声をひそめて言う。

「おまえのケータイに電話して、徹さんがうちに来てること知らせてやったんだろ。おまえが会いたけりゃあやってくるだろうし、でなけりゃあここに近づかないようにするだろうと思ってな」

カウンター越しに、立っているミチカに向けてそう説明する。ミチカの背後の小上がりで徹は、あとからすぐにやってきたユイを相手にご機嫌で酒を飲んでいた。亀安で会おうと言ったのはユイだけれど、そこに徹がいて、まさかこんな展開になるとは

「お造り上がったよ」という厨房の亀安の声に、ミチカは小上がりから立って自分で取りにやってきたのだった。亀安に状況を確認したかったのと、早千恵がカウンター席にいる客の応対をしていたから。

「大将にせっかく連絡してもらったのに、電話に気づかなかったあたしがいけないんですね」

ユイとの約束に遅れたくなくて、閉店間際のバタバタもあり慌てていたのだ。ミチカは鯛《たい》の華やかなお造りの皿を受け取ると、小上がりに引き返そうとした。すると、傍らで注文を聞いていた早千恵がその場を去り、カウンターの客と目が合った。

「ミチカさんじゃないですか」

辻本だった。真っ赤なセーターを着ている。アームに二本ラインが入った若づくりがイタかった。

「こんばんは」

とミチカは挨拶してから、「これ、置いてきちゃうんで」と、両手で持っているお造りの皿を辻本に示した。それを小上がりに運ぶと、急いでカウンターの彼のところに取って返す。辻本はタクミ屋のお得意さまだし、愛想よくしないといけない。なによりこんな顔をして向き合えばいいのか分からなかったのだ。だから、ユイに押し付けて逃げている。父は背が高いし、お腹も出ていない。長髪でサングラスを掛け、革ジャンを着たロックミュージシャンのような徹と、黒いレザーのライダースジャケットに身を包んだクレオパトラカットのユイは、同じバンドのメンバーのようで、ライブの打ち上げをしているみたいでもある（いや、やっぱ無理があるか……）。

――いつものことだけど巻き込んでしまって、ごめん、ユイ。

「いいなあ、あちらの席は楽しそうで」

辻本が羨ましそうに小上がりにいるユイと徹を眺める。まだ店に来たばかりのようで、彼の前には通しの小鉢しか置かれていない。

「あ、楽しくないんですよ、ちっとも」

ミチカは立ったままで、慌てて言いつくろう。

「友だちの食品サンプル屋の子と飲んでたら、ヘンなオジサンが乱入してきてしまって」

「僕も乱入しようかなあ」

と言う辻本を、「え？」と見返してしまう。

「いや、冗談ですよ。冗談」

と寂しげな笑顔になる。それは昼間、寸胴鍋を買いにきた時に見せた表情と同じだった。

「僕なんて、どうせ気持ち悪がられるだけなんでしょうから……」

「そんな」

「ひとりぼっちで孤独――それが僕なんです」

「だけど辻本さん、いつもお宅でホームパーティーしてるじゃないですか」

ミチカの言葉に、彼がうなだれた。

「あれは、学生時代の友だちを〝飲みに行こうよ〟と誘うと、みんなから〝休みの日は家族サービスしなきゃいけない〟って断られるんで、家族ごとうちに招待してるんです。毎度毎度お酒や食材をいっぱい買い込んで、もちろん会費なんて取りません。幸い僕は料理するのは好きですです。でも、皆が帰ったあとに片付けはひとりでしなくてはなりません」

そうだったんだ。

「こんなことを繰り返している虚しさに、ようやく気づきました。それでいて、やめる勇気もない。ひとりぼっちが寂しいんです」

その時、「おい、ミチカ」と声がかかる。徹がこちらに来ていた。

「なにやってるんだ?」

「こちら、タクミ屋の常連のお客さまで辻本さん」

と父に紹介する。辻本がぺこりと頭を下げた。徹も軽くお辞儀を返すと、「向こうで一緒に飲みませんか?」と彼を誘う。

この際それもいいか、とミチカは半ばやけになって考える。人数が多いほうが父との間の空気が薄まる。

「よろしかったら」

ミチカも辻本を促していた。

「いいんですか!?」

本当に嬉しそうに辻本が言うと、自分の前に置かれていた小鉢と箸を持ってついてきた。

そして、小上がりに席を移してからも彼の愚痴は続く。

「僕は、これまで女性とお付き合いしたことが一度もありません。二十~三十代には、友人にグループ交際や合コンにも誘われましたが、僕に関心を示す女性はいませんでした。これではいけないと、婚活パーティーに参加して、自分なりに頑張りましたが、結果はダメでした。会社員として働いていた頃は、女性に気持ち悪がられ、傷つきました。まあ、その会社も、結局はリストラされてしまったんですが……。以来、どこにも勤めていません」

「勤めていない、ということは、なにか事業をされているんですか?」

と徹が興味を示す。辻本が話したがってるのはそこじゃないだろう、とミチカは思うのだが。

「親の家作を引き継いだんです。不動産管理を少々」

それを聞いて、徹が色めき立つ。

「あなた、それを婚活の時に相手の女性に伝えましたか、資産があるということを？最高の武器じゃないですか」

辻本が首を横に振る。

「そういう僕の持ち物ではなく、僕自身を好きになってくれる女性と一緒になりたかったんです」

徹が呆れたような、感心したようなため息をつくと、「贅沢だなあ」ともらした。

「贅沢なのはあなたですよ」

と辻本がむきになって言い返す。

「こうやって若い女性ふたりをはべらせて」

「べつにはべってませんので！」今度はミチカがむきになって反論した。「父親なんで仕方なく付き合ってるだけです！」

「ということは、タクミ屋さんの社長さんでしたか」

と恐れ入る辻本に向けて、「いや、俺は自分でビジネスをしています」と徹が応える。

なあにがビジネスだ。タコ焼き屋を潰してるくせに。

「ミチカさんのお父上とは知らず、失礼しました」

そう辻本が謝ったあとで、「失礼ついでに申し上げますと、あなたはそんないかがわしい風体《ふうてい》をされているのに、どこか人になつかれる気を備えていらっしゃる」と感じ入ったように述べる。

いかがわしいか、確かにそうだとミチカは思う。髪に白いものが交じったのは別として、タクミ屋にいた頃も今とまったく同じ恰好で、父は店に出ていた。しかしこの恰好、誰かに似ていないか？

「人たらしとでもいうのかなあ」

となおも辻本が徹への賛辞（？）を並べる。

「さっきも〝一緒に飲みませんか？〟と気安く僕を誘ったでしょう。ああいうことが、僕にはできない。家に人を呼ぶ場合も〝どうぞおいでください〟と構えてしまう。おかげで、食事やカラオケ、映画や初詣など、どこに行くのもひとりぼっちです」

なるほど、人たらしか――徹のそこに陽子もやられたか。

「ひとりぼっちだっていいじゃないですか」

と言ったのは徹だった。

「俺なんかひとりでいたって充分に楽しい。たとえば、トンカツ屋に入ってビールとロースカツ定食を注文する」

「ロースカツですか？」

と言う辻本の盃に酒をつぎながら徹が、「ヒレカツでもいいですよ。ともかくトンカツ定食とビールを一本頼んだとする」と重ねて言う。

「ああいう定食って、小さいすり鉢で、自分でゴマをする。そこにソースを入れてトンカツをちょいと浸して食べるじゃないですか」

辻本もユイもミチカも、徹の話に聞き入っていた。

「俺だったらまず、する前のゴマを少しご飯の上にかけておきます。そこに、塩も少し振っておく。そうやって、ゴマ塩ご飯をつくっておいてから、トンカツをビールでゆっくり味わうね。トンカツも、ソースで食べるだけじゃなくて、左から三つ目くらいの大きなひと切れに、まず塩をかけて楽しむ。キャベツのせん切りや香《こう》のものもビールの肴にしてやろう、とかさ。そうやって、締め括りにゴマ塩ご飯を味噌汁で頂く」

徹がなおも満足げに続ける。

「ひとりで中華料理屋に入って、五目焼きそばとビールを頼んだとしよう」

「ビールはやっぱり頼むわけですね？」

そう言う辻本に、サングラス越しに視線を送る。

「いや、焼きそばだけだっていい」

「なるほど」

「注文の時に、〝麺を硬く焼き付けて〟ってリクエストするのを忘れちゃいけない」

「じゃ、かた焼きそばにしたら？」

と辻本が横やりを入れたら、「俺は揚げたのよか、焼いたのが好みなんだよ」と強い調子で睨み返した。

「すみません」

慌てて謝る辻本に向けて、父は偉そうに頷くと話を続ける。

「いよいよ五目焼きそばが来たら、具だけをあれこれつまんでみるんだ。飾り切りしたイカとタケノコを一緒に口に入れると、シャクシャクしたこういう歯ごたえになるのか、とかさ。ホタテとキクラゲもいいぞとか。そろそろ辛子を使ってみるか、とかね。口中調味だよ。あと、焼きそばのてっぺんに載ってるウズラの卵な。あいつをどこで食うか。あれって、実はそれほどうまいもんじゃない。だが、目に嬉しいんだ。だから、常に視界に入れとくの。期待感な。希望だよ。生きる希望。ともかく、そうやって食事してたら、孤独なんて感じてる暇ないぞ。俳句だって五・七・五の狭い世界だろ。だけど、自分の頭の中では無限の世界に広げていけるんだ。ぶあーっと広がるぞ」

マジで話してるのかこんなことを、あたしの親父は……。

「あとはさ、店の従業員と話すんだよ。〝うまかったよ〟とか。その店がうまくなかったらどうするって？　そん時は〝ありがとう〟って言えばいい」

辻本が深いため息をついた。

「でも、周りの客席を見回せばカップルや家族連れがテーブルを囲んでいる。それでは、僕の孤独感は癒えません」

するとロをつぐんでいたユイが、「食事やカラオケ、初詣と、人が連れ立って出掛けるところばかりに行って、自分はひとりぼっちだと悲観しているんですね」と言った。「それなら、人が連れ立って出掛けないところに行ったらどうですか？」

辻本がいぶかしそうにぼてっとした太い眉根を寄せる。

「たとえばどんなところです、ひとりで行くとこって？」

「図書館はどうですか？　美術館なんてどうでしょう？　どちらも仲間とわいわい騒いでいられるとこではないですから」

ユイの言葉に、「なるほど……」と呟き、辻本はしばらくなにか考えていた。

そこでミチカも発言してみる。

「〝選んだ孤独はよい孤独〟というフランスの言い習わしがあります。ぼっちを寂しいと思うか、孤独を至福の時間として味わい尽くすか——人との安易なつながりを求めようとすると、逆に寂しさが募るってありますよね」

「いいこと言うじゃないか、ミチカ。おまえ、テーゲー大に行ったんだよな。フランスの言い習わしとは、さすがゲージツ家だ。親はなくとも子は育つ、とはよく言ったもんだ」

そう褒めちぎる徹を、ミチカは無視した。あんたに連れられて科学博物館に行った時、テーゲー大生たちの姿を見たのがきっかけで、あたしは進路を決めたんだよ。

3

金曜日、タクミ屋の定休日を利用して陽子とミチカは神奈川県の伊織温泉《いおりおんせん》に向かっていた。観光ではない。古くから取引してもらっている旅館から、厨房で使う道具を新しくしたいという要望があって、打ち合わせに行くのだ。

「この間、お父さんと会った」

軽トラックを運転しながらミチカは言う。軽トラのボディには〈御報参上《ごほうさんじよう》 タクミ屋〉という青い文字と、その下に電話番号が書かれている。御報参上とは、お知らせがあり次第伺いますという意味らしいが、古いし分かりにくくネ？　とミチカは思うのだ。

「どこで？」

と助手席にいる陽子が、真っ直ぐ前を向いたままで訊いた。ふたりとも青いストライプのシャツに濃紺の蝶ネクタイをし、店でつけている青いエプロンの代わりに青いウインドブレーカーを羽織っている。ウインドブレーカーの背中には、〔TAKUMIYA〕という文字が白抜きされていた。

「亀安」

と応えたら、「やっぱり」と陽子は言い、「わたしがお父さんと会った翌日、あんた、カメちゃんに呼ばれて出掛けていったでしょ?」さらにそう訊いてくる。

「気づいてたの?」

「あんたは〝ユイと飲みに行く〟って言ってたよね。だけど店を閉めたあとであの子に偶然会ったら、〝そんな予定ない〟って」

――ユイめ、気を利かせろよ。

心の中でそう毒づいたら、はっと思い出した。この間ユイが亀安に誘ったのは、なにか話したいことがあったからなのだ。突然の父親の出現にかまけて、すっかりないがしろにしてしまっていた。

「お父さんに会ったのは、またそれから何日か経って。今度はほんとにユイと亀安で落ち合う約束をしたら、そこにいたの」

「あの人とどんな話した?」

「ううん。これといって」

徹と一番話していたのは辻本だ。

母には悪いなと思いつつ、「お父さん、今ひとりなの？」と訊いてみた。

「そうみたいだね。事務所の彼女にはフラれたらしいから」

軽トラはカーブの多い山道に入り、曲がりながら坂を上っていく。

「お父さん、どこに泊まってるんだろ？」

「浅草ニューホテルって言ってた」

「ずいぶんいいとこに泊まってるんだね。おカネないはずなのに」

「最後の浅草だから、名残を惜しんでるんでしょ」

「どういうこと？」

坂道を抜け、広い伊織湖の畔《ほとり》に出た。山上は、まだ春浅い。湖は冷たい水をたたえていた。湖岸にシーズンオフのボートが、伏せられ並べられている。目指す旅館は、さらにこの上の高台にある。

「島に帰るんだってさ」

徹の故郷は瀬戸内海の小さな島だ。ミチカは幼い時、一度だけ訪ねたことがある。徹の母、ミチカの祖母の葬儀のためだった。

「だから、あんたにも会っとこうとしたんじゃないの」

「お母さんにもね」

女将《おかみ》の望月豊栄《もちづきとよえ》は六十歳くらい。和装で恰幅がよい。優雅なロビーで陽子とミチカを迎えてくれた。

タクミ屋を飛び出した社員らは、ここ望月亭にも「暖簾分けした」と偽り、営業を仕掛けたらしかった。

「卸値《おろしね》を下げるからって言ってきてね。でも、あたくしは、〝陽子社長と長年のお付き合いがあるんで〟ってお断りしたんですよ」

おちょぼ口に手をやり、楚々《そそ》と笑う。

望月亭は、戦前から伊織神社の参道で旅館を営んでいたそうだ。

「この高台に移ったのは二十年前のことです」

と、豊栄が説明する。その際、十五室五十名収容の高級旅館としてコンセプトも新たに再オープンしたのだという。

「あたくしどもは普段から高品質旅館という言葉を用いておりますし、また、それを目指しております」

望月亭は、伊織神社本殿と同じく南向きで、正面に床《とこ》の間山《まさん》の緑、眼下に伊織湖が広がる。全室が〝畳文化〟で宿泊客をなごませたいという和の心を持ち、旅館の名前のとおりゆったりと月を眺め味わってもらいたいと考えている。

「中秋の名月は、床の間山とその左隣にある襖山《ふすまやま》の間から午後八時頃に昇ります。そして伊織湖に月光を映しながら刻々と移動して参ります」

七〇パーセントは首都圏からの客だという。

「ビル街にいては、夜空を見上げる機会も少ないでしょう。〝今日はどんな月かな？〟と、普段とは異なる〝望月亭の時間〟を心ゆくまで過ごしていただきたいのです」

と豊栄はふくよかな頰に笑みをたたえる。

軽トラの荷台に積んできた見本品やカタログに目を通してもらい、納入する道具について打ち合わせを終えると、豊栄はロビーのラウンジでこんな悩みを打ち明けた。

望月亭が現在のような高品質旅館としてオープンした頃、かつて旅の途中にあった旅館は、その旅館に泊まるための目的になりつつあった。その時代背景に乗って、望月亭の集客は順調に推移。本格的なモダン懐石を提供する併設の料亭は、料理の味わいとともにプライベートな空間を保てる全席個室も好評を得た。伊織岳から引く単純硫黄泉の温泉を二十四時間満喫できる大人の宿としてスタイルが定着。一回だけ来てもらうのではなく、また訪れてもらえるようにと、料理の献立も月替わりにした。なにより接客には気を配った。それらが功を奏し、リピーター率が四〇パーセントに及ぶようになった。

「ところがここ数年、すっかり客足が落ち込んでしまったのです」

この旅館のように広いロビーで抹茶を点《た》てて客を迎えるようなスタイルから、パブリックスペースを少なくし、客室に露天風呂を備えた客室完了型の宿へと客の嗜好が移り始めたのだ。

望月亭の宿泊費は三万五千円前後。この価格帯の宿に客が求めるものが、客室露天風呂に象徴されるようになっていた。

「正直申し上げまして、あたくしどもに大改築するような資金的余裕はないんです。せめて宿の道具を新調したり、館内のしつらえを季節ごとに変更してお客さまの目を楽しませるくらいの予算しかございません」

豊栄が下を向く。

「確かに、ハード依存の営業戦略は限界がありますよね」

とミチカが言うと、「なに、それどういう意味なのさ?」と陽子が目を白黒させた。

「えっと、つまりね、よその旅館が客室露天風呂をつくったから、うちもつくるっていうやり方をしていたら、いつまでも資金投入をし続けなければならないってこと」

ミチカの言葉に、豊栄が頷いた。

「当館としては、お客さまという〝人〟に焦点を当てた、望月亭ならではの過ごし方の提案を新たな運営基軸に据えました。でも、方向性は決めたものの、そのアピールするものとはなんだ？　と試行錯誤している間にも売り上げは下降を続けています」

腕組みして聞いていた陽子が、女将を見た。

「つまり、おカネを使うんじゃなくて、今あるものを使って新機軸を打ち出すってことですね」

「ええ」

と豊栄が応え、ミチカは、「なにかいいアイディアがあるの、陽子社長？」と俄然注目する。

「望月亭さまには、戦前からご贔屓いただいてます。ここは、微力ながらお手伝いさせてください。まずは館内を拝見してもよろしいでしょうか？」

お母さんてばやる気だ。でも大丈夫かな……。

「確かに、外部の方に客観的な視点でご覧いただいたほうが、よいご提案をいただけるかもしれませんわね」

豊栄はさっそくロビーの奥へと案内してくれる。

「お客さまが減る中で、おかげさまでリピーター率は変わらずに高いんです」

廊下を歩く間も豊栄は話し続ける。

「落ちたのは新規のお客さまということですね。では、どの層からこれを呼び込むか、ということになりますね」

とミチカは応じた。

今はチェックアウトとチェックインの間の時間で、ドアが開け放たれている客室が多い。従業員によって掃除中の部屋もあった。先ほど聞いたとおりいずれも〝畳文化〟の部屋で、眺望が楽しめるように窓が大きくとられている。

豊栄が、閉まっているドアのひとつを開けた。

「ビジネス用の会議室です。時間貸ししているのですが、あまり需要がありません」

ここは洋間で、長いテーブルが向かい合わせに四つ置かれ、椅子が並べられているだけの簡素な部屋だった。

続いて浴室に案内される。室内の大浴場、露天ともに岩風呂だ。伊織湖が見えるほうが若干広いが、日替わりで男女を入れ替えるという。

「貸し切り風呂もあるんですね」

と陽子が言う。

「なあに？　なにか思いついたの？」

急かすようにミチカが訊くと、「そんな簡単なもんじゃないでしょ」と睨まれた。

豊栄が、「貸し切り風呂は、敷地内地下一〇〇メートルから汲み上げる地下水を使用しています。飲料が可能なこの天然水は、赤ちゃんにも優しいのですよ」と説明する。

「赤ちゃん……」

と陽子が呟き、なにか考えていた。

本館と、別館の料亭をひととおり回ると、庭を案内される。

「敷地いっぱいに建てたものですから、お庭はあまり広くないんです。そのかわり、お隣が伊織神社ですので、境内を借景にさせていただいてますの」

なるほど、常緑樹の深い緑の杜《もり》がすぐ近くまで迫っている。

「あの杜に入ることってできますか？」

と陽子が訊く。

「はあ……」

と豊栄が戸惑ったような顔をしてから、「伊織神社でしたら、旅館のクルマで社殿の正面のほうにご案内しますが」と言ってくれる。

それでも陽子が、「宿と接しているところから入ってみたいんです」と言い張るので、豊栄も、「では」と裏口の木戸を開け、境内の杜の中に足を踏み入れる。

清冽《せいれつ》な空気に満ちた杜だった。厳《おごそ》かさに気圧《けお》され、陽子もミチカも口をつぐんで豊栄のあとについていく。静かで、野鳥の声が耳にこだまするばかりだ。森林浴というのだろうか、少し肌寒いがミチカは心洗われるような思いがした。ここんとこ、お父さんのことで気をもんでたからな……。

　やがて、鳥の鳴き声に人の声が混じるようになると、参拝客が集う社殿の前に出た。

「これは？」

　と陽子が、赤い柵に囲まれた、しめ縄が張られ苔《こけ》むした巨木を仰ぎ見る。それは社殿へと続く石畳と杜の間ですっくと立っていた。

「安産楠《あんざんくす》です」

　と豊栄が応える。

「伊織神社の境内にあるこのクスノキは、安産祈願に多くの妊婦さんが訪れる人気のパワースポットとしてつとに有名なんですよ」

　すると陽子が不敵とも取れる笑みを浮かべた。

「女将さん、思いつきましたよ」

　帰りの車でハンドルを握りながらミチカは、「よくあんなアイディアが出たね」とつくづく感心していた。

　陽子が提案したのは、妊婦さんにアピールしては、というものだった。つまり、新規の客層としてマタニティ市場を開拓しようというのだ。

　温泉旅行を楽しみたいのは、妊婦もまた同じ。母体を気にする向きから行程に制限もある。しかし、非日常を求める気持ちに変わりはない。

「これは、わたしの経験に基づくことなんですよ」

陽子は、豊栄に告げた。

「この娘《こ》が」とミチカのほうを示して、「まだお腹にいる時なんですけど、山間《やまあい》の温泉宿に亭主と出かけてとっても癒されましてね。妊娠中の温泉は避けるべき、なんて昔は言われてました。それでもうちの夫《ひと》は〝大丈夫だろう〟って。もっともその後、関係省庁が温泉の禁忌症から妊娠中を外したのを新聞かなにかで読みましたけども」

豊栄が目を輝かせた。

「妊婦さんに優しい宿を目指すんですね」

それからは、豊栄のほうからも次々にアイディアが出てきた。マタニティプランである。伊織神社と安産楠へ無料送迎車で案内するとともに、貸し切り風呂の二回の利用特典を設けるというものだ。

「小さいお子さん連れで二度目の出産のお母さんもいるでしょうし、生まれたお子さんを抱いてお礼参りにいらっしゃるかもしれない。当館の地下天然水の貸し切り風呂は赤ちゃんに優しいです」

すると陽子が返す。

「宿で、亭主に肩や足を揉んでもらって楽になった」

「会議室をエステ施設にします」

そう豊栄が宣言した。館内エステで妊娠中の身心のリラクゼーションを促すケアをする。また、全席個室の料亭では食材や調理法にも気を配るのはもちろん、クッションやひざ掛け、客室では抱き枕やベルト式浴衣帯などさまざまな備品を用意し、出産前の癒し旅を提供していく、と。

「このプランによって、装置産業といわれる旅館業が、モノからコトへ、新しいニーズの提案ができると思います」

豊栄は満面に笑みを浮かべていた。

赤信号で軽トラを停めたミチカは、「ともかくすごい!」と改めて感動をぶつける。

「陽子社長は、今あるものを使って新機軸を打ち出してみせたんだから」

「少しは尊敬したかい？」

母は伊織湖を眺めていた。

「いつだって尊敬してるよ」

そう言ったら、「へへへ」とにやける。

「ねえ、お父さんと会って、思い出したことから浮かんだアイディアなの？」

と遠慮がちに訊いてみる。

「さあ、どうかね」

陽子はとぼけていた。

信号が青に変わり、ミチカは再び車を発進させる。

「許したの、お父さんのこと?」

「許すも許さないもないよ。あの人の人生なんだし、好きに生きるでしょうよ」

そのあとで、「あんたは?」と訊かれる。

「べつにいいよ、もう」

――うん、いいよ……たぶん。

「湖畔の食事処で、お蕎麦でも手繰《たぐ》ってこうか」

と陽子が笑顔を向ける。

「こういうとこって、観光地料金だから高いんじゃない」

ミチカが言うと、「構うもんか。気分がいいから、天ぷら蕎麦にしよ」と母が声を弾ませた。

翌朝、ミチカは開店とともに野々村サンプルに顔を出した。この間、ユイの話をきちんと聞かなかったことを謝ろうと思ったのだ。

「おはようございます」

と、ニット帽にやぎひげ、作務衣姿の易者のような野々村に挨拶する。

「ミチカちゃん、ユイちゃんのこと聞いたかい?」

いきなりそう尋ねられ、「なんでしょう？」と言うしかない。

「社長、あたしから話します」

奥の工房から出てきたユイが告げた。

4

工房で折りたたみ椅子をミチカに勧めると、ユイは作業机の前のいつもの席に着いた。

「大した話じゃないんだけどさ、あたし、今月いっぱいでかなえ食堂に帰ることにしたんだ」

「ええ！」

ユイが自分に伝えようとしたのはこれだったか。

「大した話だよ。急にどうして？　かなえ食堂に帰らなくちゃならない理由でもできたの？」

「急って言うけど、あたしが野々村サンプルで修業させてもらうのは、最初から一年間て約束だったし、それをさらに一年延長してもらっただけだから」

そこでユイが小さく首を横に振る。

「野々村社長は、〝もう少しいてくれて構わない〟って言ってくれたんだけど」

「そりゃそうだよ。ユイがいたら、野々村サンプルさんも大助かりのはずだもの」

野々村が「彼女は、いわば天才肌だな」とユイの技術を評したのを覚えているし、素人の自分が隣から見ていてもそう感じる。

「嬉しくなること言ってくれるんだね」

ユイが寂しげな笑みを浮かべた。

寂しいって感じるならこのままいればいいのに。そう、このままずっと。いなくなると聞いて、どんなに彼女が隣にいてくれて心強かったかを改めて感じる。

「これで相棒《バディ》解散なんだ」ミチカはしょんぼりと呟く。「もっともバディって思ってたのは、あたしだけかもしれないけど」

「そんなことない」とユイが否定する。「あたしもバディだと思ってたし、解散もしない。かなえ食堂は、てんぐ橋道具街を出て、すぐそこだよ」

「ユイ」

ミチカには心に沁みる言葉だった。

「あたしは、これまでおいしいか、おいしくないかを問題にしてきた」と彼女。「だけど、食品サンプルの仕事をする中で、新しい発見があった。それは、地域地域の無意識の食の違いだった。たとえば、九州からエビの天ぷらのサンプルの注文が大量に入って、納品したの。そしたら〝ふざけるな！〟って電話で怒鳴られて、叩き返された。なぜだと思う？」

ユイのした仕事にクレームが入るとは、ミチカには到底信じられない。

「江戸前の天ぷらって、樹脂の表面を高温のバーナーで炙って、衣をカリッと咲かせるのね。だけど、九州のエビ天はフリッター状なの」

「そうなんだ！」

ミチカが声を上げると、ユイが頷きで返す。

「前に〝食の方言〟について話したよね」

同じうどんでも、大阪ではダシが命で麺は重視されないが、讃岐では麺が重要で、四角くてコシのあるうどんが好まれるといった内容だった。

「そういうのを知れば知るほど、おいしいってどういうことなのかって、迷うようになってきた。そもそもあたしがおいしいものをほかの人がおいしいと思うのかって、自信がなくなってきたんだ」

ユイが自信を失いかけてたなんて……。

「そんな時だった、ミチカが声をかけてきたのは。あんたと一緒にいろんなことを考える中で、別のものが見えてくるようになった。たとえば、いつかあんた〝普通においしければいい〟って言ったよね」

ああ、旅する家具の店の愛美さんが、夫の青山さんにこだわりのキュウリサンドイッチを食べさせたいと悩んでいた時のことだ。

「でも、相変わらずあたしは、とってもおいしいにこだわってた」

「いけないことなの？　かなえ食堂を日本一の大衆食堂にしたいって考えてるユイが、とってもおいしいにこだわるのはいけないことなの？」

ミチカは切実に訊いていた。

「いけなくはないと思う」とユイは応える。「けど、そのとってもおいしいに答えがない以上、追い求めることは危険だと考えたんだ」

自分たちはひどくシュールな会話をしていないか、とミチカは思った。

するとユイがなおも語り続ける。

「キャベツのせん切りって、きれいに切れたものはふわふわだよね。包丁をよく動かして切ることで、口あたりのいいせん切りキャベツになる。下手な切り方をすると、ごわごわになっちゃう。でもそういった技術っていうのは、誰でも続けているうちにだんだん上手になる。でも、技術よりもっと大事なことがある。それをあんたのおかげで知ったんだ」

ユイに真っ直ぐに見つめられ、ミチカはたじたじっとなる。

「金属アレルギーの自分の息子のために世界一のパティシエになろうとする父親や、

自分でおにぎりが握れないから、型を使ってでもおにぎりをつくって夫に食べさせてあげたいと思う奥さん――そうした人たちに会う中で、気づいた。それはね、キャベツのせん切りをするんなら、技術はともかく、まず、きれいに切ろうと心に思うことなんだって。絶対に手を抜かず、心にかけて料理することなんだって」

「心にかける」

ユイが強く頷いた。

「そしてね、大阪の人が、うどん玉が入っていない肉吸いを食べたいように、讃岐の人がコシがあって喉越しがいいうどんを食べたいように、いつもかなえ食堂に通ってくれるお客さまのために、かなえ食堂の味をお出しする。あたしがおいしいと思う味つけや創作料理は、かなえ食堂の味を自分のものにしてから追求していく」

まず、かなえ食堂の味を自分のものにする……か。

「そういう気持ちになって、改めてあたしは、一年前に自分がつくったかなえ食堂のサンプルを見直してみた。これがそうなんだけど」

工房の棚には、肉野菜炒めや味噌汁、ハムカツ、シューマイなどが無造作に並んでいる。

「どれもみんなおいしそう」ミチカはうっとりと感想をもらす。「ただリアルってだけじゃない。香りやシズル感まで伝わってくる」

「ダメなんだ。かなえ食堂で出す料理とは違ってる」

「それって、ほんとは親子丼にグリーンピースが載ってないとか？」

ミチカの言葉を、「そういうことじゃないって」と否定する。

「これ見て」

ユイが差し出したサンプルを目にして、息を呑んだ。

「すごい……」

白い皿の上に、手でふたつに裂いたらしい焼きたてのパンが置いてあった。

「サンプルなんだよね、これ？」

改めてそう確認してしまう。表面はカリッと香ばしく焼けている。ギザギザの断面から、白いパンの繊維ひとつひとつが覗いていた。

「野々村社長がつくったんだ、それ」

ミチカはため息をつく。湯気が立っていないのが不思議だった。それよりなにより、

「あたし、このトーストをたった今まで手にしてた人の姿が見える」思わずそう口にしていた。朝、出勤前の若い女性だ。忙しくコーヒーカップを口に運びつつ、これからトーストの半分にバターを塗り、半分にはジャムを塗る。

「そう、あたしにも見える」

とユイ。

「ミチカの想像とは違うかもしれないけど、あたしの場合は若いママ。子どものためにトーストを半分にしてあげてる。そしてこのあと、もう半分にするつもりなの」

ユイは棚から違う皿を取って、作業台の上に置く。

「これもそう、野々村社長がつくったの」

黒い長皿に、サンマの塩焼きが横たわっている。ただし、頭と尻尾だけを残して、身はすっかり食べつくされている。骨の間に、わずかに血合いのかすがくっ付いているだけだ。皿の隅に小骨が寄せられている。

「このサンマ食べたの、きっと亀安の大将みたいな人だ」ミチカは感じたことを声にしていた。「普段は頑固で口の利き方も乱暴なんだけど、魚の食べ方は繊細。そんな感じの人」

ユイが何度か小さく頷いてから言う。

「〝みんなが想像する理想のおいしい瞬間を、切り取って再現する〟なんて意気込んでサンプルづくりを続けてきたけど、あたしのはあくまで品物。だけど野々村社長は、食卓の風景を生んでいたんだよね」

その野々村は、ユイとミチカの話が聞こえているのかいないのか、こちらに作務衣の背中を向けレジカウンターに座って店番している。

「そういうろんなことが分かって、改めてつくったんだ、かなえ食堂のサンプルを」

「できたの？」

彼女が頷いた。

「食堂に届けたら、〝やっと分かったか〟って父が。〝一年前に持ってきたおまえのサンプルは、高級料理みたいにかしこまってた。あんなのをショーケースに置いたら、店で出すのがサンプルと違うって客にクレームつけられる〟って、そう言うんだ」

「お父さん、ユイに遠慮してなにも言わなかったんじゃないんだね」

「そう、あたし自身に考えさせるためだった」

「で、ユイは答えを見つけた」

彼女がようやく笑った。

「だから、これで卒業できる」

野々村サンプルを出たミチカは、横断歩道を渡ったところで高校時代の同級生の津村と行き会った。彼は白いシャツに紺のジャケットを着ている。リュックを背負っていた。

「なあにツムラ、朝帰り？」

「なわけねえだろ。夜勤明けだよ」

津村は、採用された介護施設で働くようになっていた。彼の家は生涯学習センターの裏手、てんぐ橋道具街は駅への通り道である。

「仕事はどう？」

「おじいちゃんのオムツ交換に、おばあちゃんの入れ歯も洗った。認知症のおじいちゃんのケアのため、元気な頃に好きだった鉄道唱歌を六十六番まで唄ったり――。慣れたとはいえんが肚は据わった、まあ、そんな感じかな」と彼が鼻の下を指の横でこする。「入居者さんは食事の介助や口腔ケアを気に入った介護士にしてもらいたがる。そういう点ではホストと同じだな。指名のほうはまあまあ入ってるよ」

自信も覗かせる津村を、ミチカは感心した思いで見ていた。

すると、「食事っていやあ、ぜんぜん食べてくれないおばあちゃんがいてな。これが今の悩みの種かな」そんなことを言い出す。

「施設の食事が口に合わないってこと？」

「いや、これまでは普通に食が進んでたらしい。それが、俺が担当になった途端に食べなくなったんじゃあ、責任感じるぜ。なによか、本人の健康が心配だよな」

去っていく津村の背中を見ていたら、すれ違うように辻本がやってくる。

「おはようございます」

と挨拶したミチカは、彼の隣に若い、小柄な、かわいらしい女性がいるのに気がつく。齢はミチカとあまり変わらないのではなかろうか。赤い縁取りのメガネが似合っていた。

「今日は、土鍋を買いにきたんです」

と言う辻本を、店内に導く。

「実は――」

と、ミチカに向けて彼が話すところによるとこうだ。ユイのアドバイスに従い、図書館通いを始めた。なるほど、ひとりでやってきている人が多く、自分がひとりぼっちでいることも気にならず、孤独も感じない。これはいい場所を教えてもらったと思い、連日のように通った。

ある日、すっかりお気に入りになった時代小説のシリーズを手に、オープンスペースのソファに座った。熟読していたら、開いたページに誤植《ごしょく》があって、それがボールペンで改められていた。誰がやったのか、本人は得意だったかもしれないが、「こういうことをしてはいけないな」とぼそりとつぶやいてしまった。するとすぐさま、隣にいた男性が目配せしてくる。図書館は、静かにしなければいけない場所だと思っている。それを乱してしまったと、本を書架に戻すと慌てて外に出た。そしたら、隣にいた男性が追いかけてくるではないか。自分よりも年配の男性だ。「あの」と声をかけられ、文句を言われるのかと思った。そうしたら、さにあらずで、その人もさっきの時代小説のファンで、「ああいうことはけしからん。興《きょう》を削《そ》がれる」と憤慨していた。すっかり意気投合し、それからは図書館で会えば言葉を交わすようになった。そのうち、同じ時代小説のファンだという読者を何人か紹介され、近くの居酒屋で酒を酌み交わすようにと親交が発展する。

「強引に仲間に加えられちゃったとこもあるんですが……」

と辻本がはにかんだように笑う。皆、退職した男性ばかりで、家に居場所がなく、図書館に通っている人たちのようだ。

もうひとり知り合った若い女性がいた。閲覧室に来ている大学院生で、論文を執筆中のようだった。

「それが彼女。麦子《むぎこ》さんです」

小柄な麦子がぺこりと頭を下げる。

図書館に通ううち、辻本と彼女はなんとなく挨拶するようになっていた。

「麦子さんは春休み中、毎日、図書館に通ってました。開館前から並ばないと、閲覧室の机を確保することはできないんです。それがある朝、彼女が姿を見せなかった」

「コンビニで早朝にバイトをしてるんですけど、次のシフトの子が来なくて」

と麦子が説明する。

「もちろん、そういう事情は知りませんでしたが、僕が代わりに列に並んだんです。

僕は毎朝開館を待って入館してましたので。彼女が来なければ、自分で閲覧室を使えばいいと考えまして」

「遅れてしまったのに、辻本さんから席を譲っていただいて嬉しかった」

と、麦子が彼を見上げる。

「それがきっかけで、ふたりの距離が縮まって」

「って、お付き合いされてるんですか⁉」

思わずミチカは大声で訊いてしまった。

「はい！」

辻本と麦子が声を揃えて返事する。

オー・マイ・ガッ！　麦子さんて、あたしとあまり齢が変わらないんだよね……と改めて思い直す。

「今度、図書館仲間をうちに招待するんですけど、麦子さんの提案でアサリと新ショウガの炊き込みご飯を土鍋でこしらえようって。そこに春っぽく菜の花を散らしてね」

と辻本が嬉しげに言えば、「あたし、漁師町の出身なんです」と麦子が言い添える。

辻本はキャメルのニットジャケットに白いスタンドカラーのシャツというシックな装いをしていた。きっと麦子のコーデだろう。

「ミチカさんのお父さんに会って、肩の力を抜く生き方を教わりました。そしたら、いろんなことがうまい具合に回り出したんです」

土鍋を抱えて去ってゆくふたりを見送りながら、そう、土鍋はご飯を炊くこともできるんだ、とミチカは思っている。そして、テーゲー大の卒業制作に描いたあたしの自画像は土鍋だったとも。もしかしたら、あの時すでに料理道具屋としての自分の未来の姿を見ていたのかな。

その時、エプロンのポケットの中でスマホが震えた。亀安からだった。

「さっき親父さんが店に顔を出したぞ」

「オヤジサン？」

「おまえの親父、徹さんだよ！」

その夜、ミチカは東京駅のホームにいた。父は、自分が乗る寝台特急の時刻（乗車する車両も）を、亀安に言い残していったのだ。

「それって、見送りに来いってことでしょうか？」

と電話の向こうの亀安に意見を求めたら、「そういうこったろ」と呆れたような声が耳に返ってきた。

母に伝えると、「行くんなら、あんたひとりで行けば」と軽くあしらわれた。

そういうわけで、二二時発の列車の教えられた車両番号の前に行くと、一方の手に古びたボストンバッグを、もう一方の手に缶ビールとつまみの乾き物が入ったキオスクの袋を提げた徹が立っていた。

「よお」

と声をかけてきた父に、「うん」と言葉を返す。

彼がミチカの背後のほうをちらりと見やった。そこには、この時間になっても多くの乗客たちがいた。寝台特急以外にも在来線が発着するホームである。

「お母さんなら来ないから」

ミチカがつっけんどんに言い放つと、「ああ、うん」とばつが悪そうな表情をしていた。

「明日の朝七時半頃に高松駅に着いたら、高松港はすぐ目の前だ。そこからフェリーに乗船する」

気を取り直したようにそう言う。

「島に帰ってなにするの？」

「おふくろが住んでたぼろ家がある。農家の手伝いでもしながらタコ飯で自炊してりゃあ、細々とやっていけるだろ」

「タコ飯？」

「切ったタコを湯通しして飯と炊く、島の名物だ。漁船の掃除を手伝えば、取れたてのタコを分けてもらえるからな」

「またタコなんだね」

と皮肉ったら、苦笑いを浮かべていた。

「そういえば」

とまたしても父は話をすり替える。

「お母さんから聞いたんだが、タクミ屋でオリジナル商品の製造販売を始めたんだって？」

「ああ、超粗挽きペッパーミルね」

「そう、それだ。なんなら俺がマーケティング面で協力を……」

「結構です」

ぴしゃりとはねつけた途端、気がついた。このヤマっけ、そしてこの風貌は諒太朗に似ているのだ。テーゲー大で出会った一年生の時の水島諒太朗は、長髪にサングラス、ひげをはやしていてロックミュージシャンみたいだった。父は諒太朗に似ていた。いや、諒太朗は父に似ていたのだ。っていうことは、あたしってばファザコン？

発車メロディーが鳴り、父は寝台車に乗り込んだ。

「元気でね、お父さん」

「おまえがいて、お母さんも安心だな」

「うん。あたしなんて、まだまだだよ。この間なんかも、陽子社長は老舗旅館の女将さんに、今あるものを使って新機軸を打ち出すって提案をしてね」

するど、徹のサングラスの奥の目が輝いた。

「今あるものを使って新機軸か──」

いけない、また父の山師魂に火をつけてしまったかも……。

そして車中の徹は、もはや夢見るような表情で東京をあとにしていった。

春は別れの季節である。野々村サンプルから出ていくユイの私物をかなえ食堂まで運ぶのを、ミチカは手伝った。ふたりしてダンボール箱を持って、桜の造花で飾られたてんぐ橋道具街を歩く。

ミチカはこの一年を振り返っていた。隣を黙って歩いているけれど、きっとユイもそうだろう。

朝比奈は亡き妻のレシピを再現するだけでなく、悠真のために新たなメニューに挑んでいると聞く。悠真は、ママの味だけでなくパパの味にも親しむことだろう。

愛美は包丁研ぎを続けているそうだ。「なにか心が落ち着く」と言っていた。よいことだと思う。道具を大切にすることは、自分を大切にすることだから。

熊ヶ谷は手製の弁当を家族に持たせているらしい。そういえば、「今日は直人がつくってくれたんですよ」と、息子の手づくり弁当を見せてくれたことがあった。ランチボックスには炒飯《チャーハン》だけが詰まっていたが、嬉しそうだった。

園部夫妻は結局、夫が料理を担当するという家事分担で落ち着いたらしい。

「食品サンプルを置いてる店って、大衆的な店が多いよね」

とミチカは口にしてみた。

「確かにそう」とユイが応える。「サンプルを置かない寿司屋には、だいたい値段表なんかもなくて、あっても〔時価〕なんて書いてある感じ。いわゆる高級店だよね」

「その点、大衆食堂は食品サンプルが置かれている代表格」

「幅広いメニューのある〝食堂〟って、もともとが公益事業だったんだって」

ユイが前を向いたままで語り始める。東京市設の〝公衆食堂〟は大正の米騒動後の物価高を機に、神楽坂や上野など二十数ヵ所に開設され、一日に三千人が集まる店もあった。そこでは、朝、昼、夜の定食、素うどん、ジャムバター付きパンなどが供された。やがて、民間の〝簡易食堂〟も増え、カレー、コロッケなどの洋食も始まった。

豚汁、レバニラ炒め、刺身、ハムエッグ、サバの味噌煮、ラーメン、カツ丼。なんでもあって安い、うまい、大衆食堂。昭和の大衆食堂は姿を消した店も多い。けれど、かなえ食堂は今なお健在だ。

「わあ、いいね！」

思わずミチカは声を上げる。ショーケースに、ユイが新たに制作した食品サンプルが並んでいた。ナポリタンはスパゲティが絡んだフォークが宙に浮いていたりしない。かなえ食堂はナポリタンにも箸が添えられるからだ。大木戸氏が好きな冷ややっこも見える。どれも、料理を前にした客の笑顔が目に浮かぶようだった。

5

徹から手紙があった。ミチカは、タクミ屋から通りを挟んで向かいにあるポケットパークの、陽当たりのよいベンチでそれを開いた。

冠省

島の春はいいぞ。いつも目の前に瀬戸内の海が広がっている。

ミチカ、おまえはきっと元気で頑張ってるだろう。

俺のおふくろ、おまえのおばあちゃんのトミさんは、漁港で水揚げされた魚をリヤカーに載せ、島の人間に売り歩くのを生業《なりわい》にしてた。ただ売るんじゃなく、刺身に下ろしたり、煮つけにしたり、馴染み客のリクエストに応えて料理して届けていた。

アジをフライにしたりもしてたな。

トミさんは女手ひとつで俺を育ててくれた。忙しかったはずなのに、毎日必ず弁当を持たせてくれたよ。俺のほうは、部活とか好きな女の子のこと、難しくてついていけない授業とか、自分のことで頭がいっぱいだった。そんな俺に、トミさんは弁当を渡す時、「頑張れ」って気持ちも一緒に渡してくれたんじゃないかな。「負けるな」ってな。

ミチカは料理をしないらしいが、人のためだったら弁当をこしらえられるんじゃないか。そこから始めてみたらどうだろう。いや、よけいなお世話だった。

タコ焼きマシンで客に自分でタコ焼きをつくらせる商売なんて、すぐ真似されるよな。機械を買いさえすりゃあできちまうんだから。やっぱり自分で汗をかかねばいかん。しかしなにをするか？

トミさんが死ぬまで暮らした家には、今でも立派に動いてくれる洗濯機が二台ある。一台は普通に洗濯に使うものだ。もう一台は、タコのぬめりを取るのに使う。そう、タコ飯をつくるためのものなんだ。

トミさんはタコ飯の炊き方について自由自在だった。歯ごたえのあるものから、口に入れるととろけるようなものまで、あらゆるタコ飯を炊き分けた。そしてだ、俺は子どもの頃ずっと脇から眺めてたおかげで、見様見真似でトミさんのタコ飯の炊き分けができるんだ。

俺は決めた。タコ飯の弁当屋になろうと思う。

島には年寄りが多い。年寄りは硬いものがダメだ。その年寄りから弁当箱を預かって、軟らかく炊いたタコ飯を詰めて届けるんだ。こっちとしては資金がないから苦肉の策なんだが、自分の弁当箱で食べるってことでデリバリー感がなくなるんじゃないかな。島は坂が多くて、買い物にも不自由してる。弁当を届けるついでに、なにかお使いを頼まれてもいいだろう。

タコ飯は、季節によって枝豆やフキを一緒に炊き込んでもいいし、トマトと炊いて洋風に仕立ててもいい。これが、おまえから聞いた〝今あるものを使って新機軸を打ち出す〟って言葉から発想したものだ。どうだ？　島で評判になったら、全国展開に乗り出すつもりだ。

匆々《そうそう》

四月吉日

宮川《みやがわ》徹拝

匠道花様

追伸

お母さんによろしく言ってくれ。

「えー、〝全国展開に乗り出すつもり〟って……」

ほんと懲りない人だ。

ベンチに座ったミチカは、ポケットパークの中央に立つ金色の大天狗に向かって、「なんとか言ってやってくださいよ」とぼやく。舞い飛ぶカラス天狗たちに囲まれ、大天狗の像は羽団扇を胸の前に突き出して無言のままだ。

ミチカは再び父の手紙の文面を眺める。〝やっぱり自分で汗をかかねばいかん〟か──そういえば、津村も〝どうせ汗をかくなら、本当に人のためになる仕事がしたい〟って介護士になったんだよな。

その時、ふと思いついた。ミチカは店のエプロンのポケットからスマホを出すと電話をかける。

閉店の片付けを済ませ、タクミ屋のシャッターを閉めた。ミチカは、かなえ食堂で夕食をとるつもりだった。ユイがかなえ食堂に戻って十日。そろそろ落ち着いた頃だろうと、顔を出してみることにしたのだ。

「ミチカ」

と呼ばれ、顔を上げると津村が立っていた。

「この間は電話、ありがとな」

「うん」

とミチカはシャッターの前で立ち上がって、「で、どうだった？」と訊く。

「ばっちりだよ」

津村が目を輝かせた。

「食事をさ、厨房でおばあちゃんの弁当箱にきれいに盛り付けてもらったんだ。そしたら、喜んで食べてくれるようになった」

それは、徹の手紙にあった〝自分の弁当箱で食べるってことでデリバリー感がなくなる〟から発想を得たのだ。

「その弁当箱、自分が元気で勤めてた頃、ずっと使ってたものらしい。それを手にすることで、食べたいという気持ちが湧いてきたんだろうな。俺も嬉しかったよ」

その笑顔が本当に喜びに満ちていて、ミチカはちょっと感動した。「よかったね」と伝える。父が与えてくれたヒントに感謝だ。

なおも津村が続ける。

「愛着のある道具は、その人にとって代えがたく重要な意味を持つ——そこに考えが及ぶなんて、さすが料理道具屋だな」

なによりそう言われるのが、今のあたしにとって一番誇らしい。

「これから、かなえ食堂に晩ごはん食べに行くんだ。ツムラもどう？」

「そうすっか」

ふたりで並んでてんぐ橋道具街を歩く。店じまいする人々が外に出ていて、あちこちから声がかかる。「今日もお疲れさんだったね」「よお、ミチカちゃん」「お疲れさま」「お疲れさん」。それに対してミチカも次々に、「お疲れさまでした」と応える。

広い浅草通りに出た。左手、地下鉄の田原町駅方面に行くと、かなえ食堂はもうすぐ。右手へ真っ直ぐに一・五キロほどいった突き当たりは、こんもりとした上野の山だ。そこに大きな、本当に大きな夕陽が今沈んでいく。てんぐ橋道具街の入り口に建つ五階建て洋食器専門店の店員たちが、閉店の片付けをする手を休め、その夕陽に見とれていた。屋上に載った、ジャンボコックの胸像も夕陽を受けている。人も、行き交うクルマも、すべてが茜色《あかねいろ》に染まっていた。台東区西浅草の一日が終わる。そしてまた、明日は新しい朝が来る。

隣にいる津村がふとこちらを見て、「おまえ、だいぶ髪伸びたみたいだな」突然そんなことを言った。

「そう？」

ミチカは思わず自分の襟足に手をやる。ボーイッシュショートにしたのは一年前で、そのまま伸ばしっぱなしにしていた。

「短いほうが似合うと思うけど」

口にしたあとで津村が照れ臭そうにしていた。彼の横顔も夕陽が朱《あか》く染めている。

「ほら、おまえ、てんぐ橋に帰ってきたばかりの頃、すっごく髪短くしてたよな。たまに見かけることあったから」

またカットするのもいいかもしれないとミチカは思ったけれど、「さ、行くよ」と、わざと素っ気なく言う。そして、かなえ食堂に向かった。

あとがき

町工場を営んでいた父は、道具好きでした。そのせいか、料理などまったくしない僕がひとり暮らしを始める時に、かっぱ橋道具街で菜《な》っ切《き》り包丁《ぼうちょう》を買ってくれました。そして、研ぎ方を教えてくれたのです。その後も僕はさほど料理をしませんでしたが、包丁研ぎだけはしていました。道具好きの父のDNAを受け継いだのかもしれません。

僕の妻は料理教室で教えていて、幾種類もの包丁を持っています。それらの包丁を、彼女は自分で研ぎます。僕はすっかり包丁を研がなくなりました。けれど妻が、僕の菜っ切り包丁も一緒に研いでくれます。僕はその包丁で、たまにインスタントラーメンの薬味のネギを刻んだりします。

執筆にあたり、プロフェッショナルのお力を拝借しました。深く感謝しています。作中で事実と異なる部分があるのは、意図したものも意図していなかったものも、すべて作者の責任です。

株式会社飯田・飯田結太代表取締役社長
サトウサンプル・佐藤泰啓代表

橘 智哉さん
詩人・清中愛子さん
3DSurveyplus合同会社・堂城川厚代表執行役員
株式会社グリーニークルー・高谷弘志代表取締役
株式会社和心亭豊月・杉山幹雄代表取締役
株式会社NCネットワーク・内原康雄代表取締役社長
株式会社浜野製作所・浜野慶一代表取締役CEO
（社名は取材順、肩書はすべて取材当時です）

主要参考文献

笠井一子著『プロが選んだ調理道具』平凡社
武蔵裕子監修『腕前がぐっと上がる料理道具の便利帳』大泉書店
食品サンプル研究会著『超リアル食品サンプルのつくりかた』グラフィック社
今井規雄著『食品サンプルの作りかた、教えます。』新星出版社
野瀬泰申著『食品サンプル観察学序説』三五館
野瀬泰申著『食品サンプルの誕生』ちくま文庫
ベターホーム協会編集『ベターホームの作ってほめられる お菓子』ベターホーム協会
『月刊ベターホーム』２０１７年11月号「なるほどキッチン　野菜の洗い方」ベターホーム協会
『暮しの手帖』第4世紀89号「土井善晴 汁飯香のある暮らし第6回」暮しの手帖社
『暮しの手帖』第4世紀91号「土井善晴 汁飯香のある暮らし第8回」暮しの手帖社

初出

第一章　卵焼き　WEBきらら2021年8月号・9月号
第二章　世界一のパティシエ　WEBきらら2021年10月号・11月号
第三章　キュウリサンドイッチ　WEBきらら2021年12月号・2022年1月号
第四章　おにぎり型　書き下ろし
第五章　ペッパーミル　書き下ろし
第六章　お弁当　書き下ろし

解説

ミチカは、オワコンと呼ばれる金物業界で、インターネット通販に売上を奪われてオワコンとバカにされるリアル店舗で、時代に取り残されてオワコンだと笑われる道具街で仕事をしています。まさにオワコンまみれ。

でも果たして、ミチカの仕事ぶりを見てタクミ屋をオワコンだと思った方はいるのでしょうか？

少なくとも僕は思いませんでした。

ミチカは真に「小売」をしているとすら思いました。

タクミ屋の商いは、「小売業」であったり「流通業」と呼ばれます。

この二つは似たような言葉ですが、意味するところは異なります。

その二つをあいまいに使うことはできません。

多くの店が、メーカーから送られてくる商品をいかに効率的に〝流して通す〟かということに熱中する中、ミチカは一人ひとりのお客様に想いを馳せながら〝小さく売る〟ことに心を配ります。

商人の仕事は、お客様の期待する豊かな生活づくりを〝お手伝いする業〟。

お客様と商品を出合わせ、買ってよかったと思ってもらう一種の〝おせっかい業〟です。

考えもせず、お客様の欲しいものをただ右から左へ販売するだけでは〝流通業〟にすぎません。

ミチカは、亀安の大将、金属アレルギーの悠真と父の朝比奈、青山夫妻に、超粗挽きができるペッパーミルを探す城之内など、作中に出てくる人物と〝売り手〟と〝買い手〟という関係を超えた心の交流を結んでいきます。

繁盛するかどうかは、お客様との間にどれほど深く心の結びつきを作ることができるかによって決まります。

こういった一人ひとりのお客様との心の交流がタクミ屋を繁盛へと繋げていくのです。

ミチカは、目の前のお客様のためにとにかく時間を使います。

効率なんて無視です。ただただお客様に喜んでもらえるかどうかだけ。

そしてもう一つ無視をしていることが在庫回転率です。

在庫回転率とは、小売の実店舗で必ず経営の指標とされる、一つひとつの商品の売り場での効率を測る指数です。

八千種類もの料理道具で埋め尽くされたタクミ屋では、なかなか一つひとつの商品の在庫回転率を重視した経営はできません。

常々思いますが、全ての料理人を満足させる道具があればどれほどいいでしょうか。

しかし、現実はそんなに甘くありません。

おろし金ひとつとっても、ふわふわとした柔らかい食感が出るおろし金、シャキシャキした粗い食感になるおろし金、少しの力で大根がおろせるおろし金、金属アレルギーの人用のおろし金、一人暮らし用、一度に二十人前の大根おろしを作るための業務用、生姜用、チーズ用、ワサビ用、山芋用、柑橘系の皮用……料理人によって求める味わいも、使い勝手も、用途も違い、全ての人の希望を叶える道具はありません。

だから、たった一人のお客様を満足させるために膨大な数の品揃えが必要となるのです。

そこで在庫回転率を追っていては魅力ある店作りなどできるわけはないのです。

たった一人のお客様のために品揃えを増やしていく決断をしたミチカは、どう考えても〝バカもの〟でしょう。

しかも、いくら探しても世の中に無い商品ならば自分で作ってしまいます。

少しでも業界を知っている人ならその無謀さを理解できると思います。

しかし時代を変革するのは、いつだって「若者、バカ者、よそ者」です。

テーゲー大を卒業し、金物業界のことを全く知らず、Ｗｅｂデザインという全く別の世界で働いていた、まだ若者のミチカ。ただ純粋にお客様を喜ばせたいと思い行動したミチカだったからこそ、神様は見捨てずに応援したのではないでしょうか。

「二宮翁夜話」によると、尊徳は「一斗の米も小さな米粒一つひとつからなり、決して化け物のような大きな米があるわけではない」と語ったそうです。

商店の繁盛も同じです。たった一人のお客様が、繰り返し店に足を運んでくれること。それが一人が二人になり、二人が三人になり、そして一人ずつ増えていく、その累積に他なりません。

大資本や店舗面積、店員数によって店の繁盛が決まるわけではありません。店が繁盛するかは、その店がどれだけ多くのお客様から信頼されているかです。たった一人のお客様の喜びを心から追求し、行動できるミチカにお客様からの信頼がついてこない訳がないのです。

お客様は単に物だけを求めているわけではありません。単に物とお金の交換だけならインターネット通販だけで全てが足りてしまいます。けど決してそんなことにはなりません。お客様は物とお金の取引を超えて、商人の誠実で、正直で、あたたかな心を求めています。

僕自身、本を通じて一人の店舗経営者としてミチカからたくさんのことを学びました。

代々の老舗というタクミ屋の形をぶち壊したミチカと、それを見守った母である陽子社長の勇気。二人を信じてついてきてくれたクマさん。

もう本当に最高でした！

あー、タクミ屋で買い物がしたい！

飯田屋六代目店主　飯田結太

小学館文庫
好評既刊

削り屋

上野　歩

親の仕事を継ぐべく歯学生になっていた剣拳磨は、友人のカップルにまとまった金を渡すため、そして本当にやりたいことを求め、大学を中退し東京にやってきた。そして歯学部実習での削りつながりで、下町の金属加工会社に就職する。

わたし、型屋の社長になります

上野　歩

OLだった花丘明希子は、父親の後を継いで経営危機にある花丘製作所の社長になる。同僚が去って行くなか自動車メーカーの発注を受けるが、技術的には難しい要求が。金型に懸けるひたむきな主人公を描いた製造業応援小説！

就職先はネジ屋です

上野 歩

第一志望の商社にフラれ、ユウ（三輪勇）は母親が社長を務めるミツワネジに入社した。営業に配属されたユウは、メーカーに直接提案できる営業をしたいと考え、しがらみと闘いながら、さまざまな新しいネジの開発に関わっていく。

小学館文庫
好評既刊

鋳物屋なんでもつくれます

上野　歩

祖父・勇三が起こした下町の町工場「清澄鋳造」で働くルカは、営業担当ながら時には自ら流し入れなどの現場作業も行う“鋳物オタク”だ。長年培ってきた会社の強味が時代遅れとされ、単価の引き下げや納期の短縮を求められた末、相次いで発注を打ち切られ、大ピンチに！

本書のプロフィール

本書は小学館のために書き下ろされた作品です。

小学館文庫

料理道具屋《りょうりどうぐや》にようこそ

著者 上野《うえの》 歩《あゆむ》

二〇二二年四月十一日　初版第一刷発行

発行人　石川和男

発行所　株式会社 小学館
〒一〇一-八〇〇一
東京都千代田区一ツ橋二-三-一
電話　編集〇三-三二三〇-五七二〇
販売〇三-五二八一-三五五五

印刷所 ——— 中央精版印刷株式会社

造本には十分注意しておりますが、印刷、製本など製造上の不備がございましたら「制作局コールセンター」(フリーダイヤル〇一二〇-三三六-三四〇)にご連絡ください。(電話受付は、土・日・祝休日を除く九時三〇分〜一七時三〇分)

ISBN978-4-09-407135-1